（第二版）

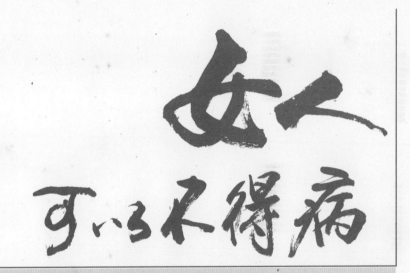

女人
可以不得病

——我的康复之路

Nüren Keyi Budebing

潘肖珏 著

復旦大學 出版社

本系列丛书的出版得到柯尼卡美能达的大力支持

1.轻轻松松干点事，这对疾病康复很有利

2006年10月18日是我手术后1年又3个月，在上海"当代公关趋势论坛"上，我与美国高诚公共关系公司总裁Fred Cook 先生对话中外公共关系的发展。

2.我开始进入"人文医学"领域的研究

2007年1月25日，我在复旦大学附属华山医院演讲"人文医学与医院文化"。

3.和女人们聊聊天

2007年10月26日，由上海市妇联等单位举办的"关爱女性 传递健康"讲座，我和上海中医药大学党委副书记王群教授及中国发展研究院自然医学中心于文主任同台演讲"女人可以不得病——身心灵与乳腺疾病"。

4.我参与"健康管理"

我与上海中医药大学附属岳阳中西医结合医院"健康管理部"的两位负责人共同商议"健康管理"的市场培训方案。

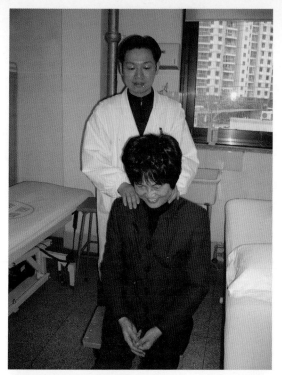

5.学习宋美龄

　　活了106岁的宋美龄，70多岁时也患过乳腺癌。她的长寿秘籍之一是每天推拿按摩。我虽然做不到每天，但我坚持每周去医院，请推拿专家疏通经络、调和气血。

6."脾胃操"真好

　　一位名老中医，教会了我他自己保养身体的"脾胃操"，我坚持1年多，效果非常好。

　　具体做法：单举手，即一手举起上托，目随手上视，半侧身体用力，左右交替换手上托。每天如此做五六次，可以增强脾胃功能。

7.享受天伦之乐

　　孙子圆圆人称
"小帅哥"，是我康
复路上的"开心果"！

序

多年来人们一直在思考：人为什么会得病？怎样做才能不得病？并不断探究问题的本质——医学的？社会的？人文的？心理的？当读到这本名为《女人可以不得病——我的康复之路》的书稿时，感悟作者潘肖珏带给我们的东西远比我期望之中的多。我看到了女性难得的一种从容，一种对疾病的从容，对挫折的从容和对困难的从容。这是女性生命拐点处的一道靓丽的风景。

她和普通人在对待疾病的看法上究竟有什么不同？如何同医生对话？如何同疾病对话？抵抗疾病的做法又有什么不同？其背后蕴藏着怎么样的智慧？本书不仅能给我们带来大量有益的信息，更让我们看到一位从容无惧的女知识分子的形象，她使你我都增添了艰难中的信念，磨砺中的勇气，困顿中的坚韧！

古人云："宽厚留有余地步，和平养无限天机"。一种非常经历能否成为觉悟的契机，取决于心性的品质。书中透出的这种品质体现了作者宽广的心胸、平和的气度，坦然面对客观环境发生的一切。"宽厚"、"和平"是道德的境界，也是获得健康的秘诀。生命本身并不意味着幸福，幸福的意义在很大程度上，取决于对自我健康的把握。

我们已经踏入了一个健康管理的新纪元，我们将对"自我健康"赋予全新的意义。

什么是健康？

健康是躯体、精神以及社会交往等方面的完美状态，包括身体健康、心理健康、社会适应良好和道德崇高等诸方面。

当今中国的女性，在与男性同台竞争的职场上，面临着前所未有的困惑：诸多的女企业家、女 CEO、女干部面临着自身心、身、灵等方面的困惑；据调查，90% 的女白领、女大学生面临着人脉关系、人际沟通的困惑；置身在这样一个价值多元的社会中，许多女性面临着感情挫折、婚姻危机的困惑；快节奏的工作环境，女性面临着对自身各种疾病的预防和治疗的困惑。

21 世纪的"女性健康"是一个综合的系统的现代大健康的概念，包括五大内涵：理念健康——与时俱进的理念；情绪健康——和谐恬静的情绪；形象健康——优雅得体的形象；营养健康——均衡合理的营养；身体健康——"零亚健康"的身体。

由此可见，当今"女性健康"是一个综合的系统的，集传统医学与现代科技的大健康的概念。"女性健康"的指标是衡量一个民族健康的重要指标。因此，复旦大学出版社出版的这套健康 COOL 新女性系列丛书，将会使我们女性在保持健康，恢复健康和抵御疾病的过程中有更正确的操作方向。

女性的人生道路，需要像这样一本（套）拥有高品质内容的书来陪伴我们健步直前。

上海市妇联主席　张丽丽

2008 年元旦

十大专家学者点评推荐

　　心由境生，境由心造，坦然生死，向死往生。这是何等的胸怀！置己生死而不顾，"为天下女人而写"，这是何等的情怀！但愿天下男人和女人在面临生老病死时，潘肖珏教授的《女人可以不得病》能给予生命的启迪。

——吴友富

上海外国语大学党委书记、教授

　　"钢铁是这样炼成的！"这就是潘肖珏教授人生奋斗的真实写照，是她的至理名言！肖珏老师是良师，是大姐，是益友。她的顽强、她的信念、她的睿智、她的执着、她的成功，是我学习的榜样，颂扬的英雄，美丽的女性，追随的教授！

——汪 泓

上海工程技术大学校长、教授

　　我敬畏，头上的星空和心中的道德律令；

　　我信奉，对逝去的尊重和对生活的追求；

　　我赞叹，女性细腻的博爱和伟岸的柔刚。

　　　　——这是从肖珏娓娓道来中感悟的。

——李 进

上海师范大学校长、教授

生癌并不可怕，怕的是精神崩溃。癌症不是绝症，用科学方法和自我心身调节，癌是可以治愈的。

——陆德铭

上海中医药大学前校长、教授

潘肖珏教授是一位研究品牌战略和公关战略的名家。她用亲身经历——女性特有的沉重压力为课题，拓展新的研究方向。《女人可以不得病》就是其新战略研究中的攻关成果。它以社会－心理－生物医学的全新模式阐述了当今女性如何在重压下进行自我减压，乃至冲出困境的方法与途径。见文如见人。成果背后可清晰见到的是一位坚强刚毅、百折不挠、博弈生死、魅力无穷的伟大女性！

——王佩敏

复旦大学附属华山医院党委副书记、研究员

我是潘肖珏的手术医生，她对待疾病和对待感情挫折的心态，正如她书中所叙述的那样：思维积极、乐观豁达、笑傲现实，最终冲出困惑的重围，展现了新时代女性的魅力人生！

——王平治

上海交通大学附属仁济医院外科主任医师、教授

孰医孰患？亦医亦患！患而求医抑或求己？或求医不如求己！智者求医亦求己；慧者救己亦救医！

——黄 平

上海中医药大学附属岳阳中西医结合医院副院长、

耳鼻喉科主任医师

这是一本真正讲述怎样的女人才是美丽的女人的书；这是一本真正讲述女人如何永葆美丽的书；这是一本引领女人坚强而优雅地走出忧伤和懦弱的书；这是一本引领女人诗意地畅游美丽精神境界的书。

——王小鹰

中国作家协会全委会委员、上海作家协会理事、作家

佛教有言，烦恼能转即是菩提，大烦恼转大菩提。一场恶疾赢得一本书，对己是最有成就感的收获，对人是最富启迪的经验。精彩美丽的人生，由这样的收获与经验组成，写这样的书与读这样的书都是有福的。

——沈善增
中国作家协会会员、上海市作家协会理事、作家

　　看潘老师文字感受真、善、美；听潘老师演讲胜读十年书。加油，潘肖珏，你是最美丽的女人！

——孔明珠
《交际与口才》杂志主编、作家

目录

目录

目录

一、癌症临头

——病房里的女人心思

生命是一件礼物，她是上苍的恩惠，
我们每一个人都是无功受禄。
此生无论遭遇什么，
我都理当充满感恩之情。

当人得知自己患上了某些疾病，比如癌症，那他往往会本能地在瞬间默语："我的生命倒计时了？是读年？读月？还是读分？读秒？"

医院的外科女病房。

上午，医生刚查完病房。护工小陈从外面奔进来，气喘吁吁地发布一项信息：昨天半夜，18床又跳楼了，未遂。现在护士长在教训她的护工，看紧点！

18床，住在隔开我两个的病房。她40岁左右，患的是宫颈癌晚期。1年前动的手术，现在复发。医生说她已进入生命倒计时的"读日"阶段。一到深夜，她的叫声撕心裂肺。最近几天，这种撕心裂肺的叫声，频率越来越高，可音高却越来越低。

"为啥要选择跳楼呢？"11床提着术后的引流管，慢慢地走到我床前低声对我说。

11床，她和我同病：乳腺癌。自从我们相识后，我总是找机会和她聊天，因为她的职业背景是医生。患了病的医生，对疾病的指导可能更接近真理。比如我请教过她，得了乳腺癌，今后生活该注意点什么。她说，从今以后，你对任何事，都要睁一眼闭一眼，"不以物喜不以己悲"。你要学会"难得糊涂"，过一天是一天，过一天开心一天。平时多吃点抗癌食品，像胡萝卜、卷心菜、西红柿、西兰花之类的。适当活动活动身体，特别是多散散步。她的病理报告早就出来了，但她坚持不去问结果。我真佩服她的心态。

现在从她对我说话的表情中看出来，她又有"高招"了。

"如果我到那一天，我就选择吃安眠药！"她说。

"吃安眠药？"我心想，这算什么高招？不过，我得问问所服的剂量。

"吃多少？"

"吃100片。"她很认真地说。

"哎，你平时吃安眠药吗？"她突然发问。

"吃。"

"那要200片。"她说完，又提着那根引流管，慢慢地回到自己的床上。

我躺在病床上，望着天花板，此时的我，多么希望自己是"荷兰人"，因为这个国家已经通过了《安乐死法案》。

我希望自己的一生善始善终。具体的意思是"活要活得快乐，死要死得美丽"。有位医生告诉过我一个"死得很美丽"的故事。

　　一位毕业于清华大学的女建筑工程师，入院时已确诊为乳腺癌晚期，全身转移，放化疗已无力回天。医生能做的只是一些对症处理：止痛。然而，作为一位躯体上日渐衰弱的知识女性，她居然悲欣交集闯黄泉。一开始，她还有阅读，后来只是听人叙述，最后是锁眉的沉思。临死的前一天，月经来了。此时，她已无力再说什么，只是以眉头的舒展来庆幸女性的自得。然后让家人为她系上卫生垫，她要最后一次完成做女人的仪式，不容半点马虎，自始至终地守护着女人的美丽，即使死神马上来临。

　　我很欣赏这位女工程师，她很美，她向活着的人传递着一份生命的感动！

　　午休后，护工小陈给我讲了她曾经护理过的两位乳腺癌病人。

　　一位是 70 多岁的老太，满头白发，脸上有很多老年斑，双手的皮很皱很皱，整个人看上去比实际年龄大。她当时的诊断是乳腺癌晚期。这一信息，她老伴恳求所有的人对病人保密。而他告诉妻子，你患的是良性肿块，不要紧的，为了不让它变坏，咱们就同意全部切除吧！老太很听话地点点头。

　　老太有 4 个子女，但手术后，她老伴从来不让子女陪夜，硬是自个儿担当着。他说，不在妻子身边，心放不下。妻子刀口拆线要 14 天，整整两个星期，每晚他都是趴在妻子的病床边睡的。睡的时候，他的右手一直握着老伴开刀的那只手。病房里的人都说他是"模范丈夫"，他只是笑笑，不多说话。那老太术后恢复得很好，小护士戏说，这是爱情的力量！

　　1 年后，老太又住院了——肺部多处转移，胸腔已经积水，情况很不好。她老伴依旧陪夜，直到送她归去。

　　听完这个凄美的故事，我想，那老太的这一生，值了！

　　另一位是 40 岁左右，人长得高高的，身材很有曲线，特别是一对乳房，很丰满，看上去非常性感。她坚持不穿医院的病人服，而穿自己很时髦的衣裳和高跟鞋，走来走去，像少妇一样，引来不少目光。

她对自己的病不很在意，只是一再要求医生，不管她乳房中的肿瘤恶性到什么程度，千万不要全切除！

她丈夫好像是干大事的，特别忙，每次来病房都是来去匆匆。有时刚坐下，手机就响了，然后去走廊接电话，时间都在一刻钟以上。只有在这个时候，才看到那女人焦虑不安的神态，眼睛老盯着门口，企盼她丈夫快点进来。

术后，她的右侧乳房还是被全切除，医生根据病情，不能为她保乳。她知道后，哭了很久，全病房的人都劝她：想开点，保命要紧；去胸罩店定做一个假乳房，同样会很对称的，不会影响你的好身材的；有个台湾女歌星，也生了乳腺癌，现在她照样上台唱歌，台下没有人知道她的一只乳房是假的。

一天，她丈夫来了，手里拿着鲜艳的 11 朵玫瑰花。那女人脸上写满了"幸福"，因为这 11 朵玫瑰花意味着丈夫对她的"一心一意"。后来才知道，他们是再婚的。

以后，她每月都住院一次，接受化疗，但没有人陪她。她化疗反应很厉害，呕吐、头晕，不吃、不喝，很可怜。看她这样子，大家也不忍心再问她什么了。6 个疗程结束后，就再也没有见到过她。

不知怎么的，听完这个故事，我的心一抽一抽的，老在对照自己。

记得手术前，医生问我，如果开出来是恶性的，你希望保乳吗？我一个劲地摇头，"不要，不要！没有乳房，照样活，留下隐患，没得活！"

当知道自己是癌症时，我没有哭，因为我脑子里没有"哭"的指令，只有一个个问号，我怎么会？我怎么会呢？

接下来，就是想：我不晓得还能活多久？夜深人静时，想得特别多。我为自己惋惜过。

自认为，我在所研究的专业领域中，不说"炉火纯青"，也可说"信手拈来"。本来还打算再写几本专业新视点的书，再带几批研究生。生了这病，这下完了，没可能了。

我当了一辈子教师，但儿子的教育背景，不尽如我意，这是我的心病。原本想等退休后，正赶上小孙子学龄时，好好再当回"老师"。现在缠上这病，我恐怕连这最起码的愿望都泡汤了。这个病为什么不晚来十年啊？

……

脑子里老想这些，坏了自己治病的心情，这对我的康复很不利。这时最好的"良药"是让自己"阿Q"。于是我想，我如果赶上2003年的那趟"非典"病，像我有那么多基础病的人，在当时是必死无疑的，这不赚了3年嘛；又比如，1996年那次去温州讲课的飞机降落时，如果起落架真的一直放不下来，那也可能机毁人亡的，这样算又赚了9年。

我开始自言自语——你这一辈子够丰富多彩了：鲜花、掌声，还有不少"粉丝"；"百度"、"Google"都有你40页以上的信息；现在，孙子也出生了，你的生命已二度延续；结婚离婚、"城里""城外"的走进走出，做了两回人了……你知足吧！

当然，我知道自己有理性的一面，比如我会思考"为什么会得这个病？"我原本以为，我这个人可能会得这病那病的，但我不会得癌症。我的心脏不好，血压也高。有一篇文章讲，患心血管病的人不大容易得癌症；再说没有家族史；而且平时也很讲究保健的。怎么我现在竟然成了例外呢？我哪方面出问题了？我要答案！

我的病床上放满了防癌抗癌的书，我的本子里记录着自己各种检查的结果，我努力在打听医治乳腺癌的专家，我用心在收集病友的成功案例……我所有的工作都强烈地显现出一种心理：我不甘心就这么仓促地死！

说真的，这个病，让我与"死亡"的命题"狭路相逢"，根本无法避及。它让我起码提早20多年直面死亡！

德国著名思想家海德格尔说，人的存在是"向死而生"。以前，我读这句话，觉得很远、很哲学。可此时此刻的我，却体会出就在当下，并且是实实在在的。

这天晚上，我开始很认真地想：如果生命进入倒计时……

如果生命倒计时进入"读年"，我扳着手指，按轻重缓急合计着……

第一件要做的事：转换自己学术研究的坐标，"生命至上"，弄明白"乳腺癌"——搞清楚我的HER-2强阳性的乳腺癌——当下最优化的治疗方案。我深知：自己正处在一条长长的深深的隧道里，必须尽可能快地找到隧道口。

第二件要做的事：去红十字会，办理捐献眼角膜的手续。早在10年前，我就对家人说过这个愿望。人死后，如能留两道光明在人间，很有意思。

第三件要做的事：整理我的书房。我的书房除了向南的是窗户外，其他三面墙都不同程度地被书占据着。我要把自己写的书理出来，专门放在第一个书橱那个平视的方位，这就是我的遗产。

第四件要做的事：为18个月的小孙子圆圆制作一本《写真集》，并写下圆圆成长照片的文字，"图文并茂"地留给慢慢长大的圆圆。让他记住，在这个世界上曾经有一个人对他说的话。

第五件要做的事：还是想写书，记下自己一路走来的脚印。我一生读书、写书、教书，"书"是我的灵魂，"书"是我的生命。

如果上苍还让我继续"读年"，那我就想干点有关女性健康方面的事，让天下的女人们少生病，不生病，特别是不生我这种病。

如果生命倒计时进入"读分"、"读秒"，我——

不希望通知任何人，死亡是自然现象，我们都平静地接受这一"现象"的自然吧。

不希望让我的亲人、我的朋友围在我的床前，因为此时的他们很伤心。这种伤心，对他们身心的杀伤力太大，我不忍心！我生前已经够累着他们了，此时的我，唯一能对他们的回馈是：希望他们在屋外、在家里、在工作岗位上。

希望床前有鲜花，耳边有音乐，周围有医生、护士，走得很职业，走得很诗化，就像诗人徐志摩说的"轻轻地我走了，正如我轻轻地来"。

后生命阶段中所有的仪式、惯例都简约了，直送该送的地方，什么都不保留，任其处置，回归自然。

一种物质转化为另一种物质：她，可能融化在大地的泥土里；可能融入在江海的河床中；可能渗透于高山的峰谷内；可能就是透着油墨香味的铅字。

法国作家蒙田曾经说过，谁教会人死亡，就是教会人生活。"未知死，何知生"，我如果学会了死亡，那我就学会了生活。我想着，想着，感到心非常的平静，慢慢地进入了梦乡……

……窗外东方发亮，新生活的一天又开始了！

有一篇谈论死亡的文章，其中一段文字引起了我的共鸣：

面对死亡，我们才会自问：生命是什么？在我看来，生命的过程是一道减法。一旦出生，我们就步步逼近死亡。难怪古希腊哲学家会说，最好是不出生。可惜在很多时候，我们尽做加法和乘法，以为在有生之年，只要累积财富就会积攒幸福。殊不知，生命尽头的最后一道算式是除数，为死亡的除法，结局归零。

视死如归，我们才能深切体会为何生命是一件礼物，它是上苍的恩惠，我们每一个人都是无功受禄，从虚无有幸来到这个世界，因而此生无论有怎样的遭遇，我们都理当充满感恩之情。

是的，生是偶然的，死是必然的。人一生下来就站在通向死亡的传送带上，但通常"人"却很不愿意，也很忌讳讨论这个话题。我们的主流教育对孩子只有"人生观"教育，而没有"人死观"教育。仿佛死亡不是生命的必然归程，而是一种命运的意外事件。当然，我们不能怪罪于因为这种教育的缺失，而当"它"突然来临时，就恐惧，就投降，就任其宰割，哪怕是生命倒计时读分、读秒。

有一首名为《天堂、地狱》的歌，歌中唱道"人人都向往天堂，为什么人们一见就回头；人人都害怕地狱，为什么人们一去永不愿归？"其实，"天堂"和"地狱"是同一个地方，区别在于人们对这"同一个地方"所赋予的感情色彩。人的一生就是天地之间走一回。

我反常规地把刚写好的这篇文章转发给4个人：儿子、儿媳、两个妹妹。因为它包含了传统意义上"遗书"的内容，它交代了对自己后事的处置，希望这4位亲人到时"按图施工"。

我也发给了我很喜欢的两位医生朋友，不知他们是否有可能送我？尽管这种"预约"有点唐突，甚至更有点悲壮。

我就是这么一个人，典型的 A 型血性格，什么事都计划得好好的，连"死亡"也不例外。可这"计划"总赶不上"变化"。这不，得癌症了吧，这个"变化"可大得快吓死人了！

我希望自己：有惊无险！

二、忆我乳房

—— 『零乳房』女人的追思

生活中没有绝对的好事，也没有绝对的坏事。

中国哲人老子曰：祸，福之所倚；福，祸之所伏。

中国女人潘肖珏曰：得意，不要忘形；

失意，不要气馁；

否极，还会泰来。

我醒了。

好像睡了很沉很沉的一觉，浑身感觉动弹不得，似乎很累很累。

我的意识是：我这是在哪里？

但很快，无意识，我又睡过去了。

我又醒了。

我将脸稍稍往左边侧了点，朦朦胧胧地看见：这是一间很大的房间，一排一排的手推车上躺着一个一个笔直直的人，他们身上都盖着白被单，一动都不动。

"啊！全是死人？"第一个意识。

"这里是太平间？！"紧接着的意识。

"我还活着，你们送错地方了！我是活人！"我想喊。但很快，我又无意识，又睡过去了。

我再次醒了。

我努力地在唤醒自己的意识。

我将脸稍稍往右边侧了点，清晰地看见房间的右面墙上的那只钟，它告诉我现在是 10 点 50 分。我终于明白了，我是在进行第二次乳房手术。"10 点 50 分"，太好了！这个时间告诉我，我的左侧乳房肿瘤肯定是良性的！因为我第一次右侧乳腺癌的手术时间是 5 个多小时，要到下午 1 点半才苏醒的。能有这样的逻辑推理，说明我已经比刚才清醒多了。

"这是什么地方？我为什么会在这里？这里有没有医生和护士？"我看见有一位穿白大褂的正往我这边走来，也许她看见了我的脸在动。

"林医生。"我认出来了，她就是我两个月前右侧乳房手术时的麻醉师。

"你怎么又来了？"她也认出我了。

"我左侧乳房又不好了。"我说着嘴里就感觉有异物，想吐，她赶紧用毛巾垫在我的右腮边，我一边吐一边又无意识了……

确认这是躺在自己的病床上时，我终于彻底清醒了。

刚才那一幕，太恐怖了！我之所以没有被吓死，是当时的身体不具备"害怕"的能力。

护士小姐来帮我测量血压。她告诉我，我刚才是在苏醒室，而我右侧乳房手术时并没享有此待遇，因为那天该手术室只有我一台手术，所以我是在手术室内苏醒的。

这是我在短短的 5 个月内的第三次全身麻醉，挨的第三大刀。这次手术前，担心的是自己患了双侧乳腺癌。而现在的结果是良性肿瘤，但这个好消息却让我高兴不起来。因为医生根据我左侧乳房的乳腺质量和导管内的乳头状瘤的程度，最后还是采取了全切除。

我终于成了一个"零乳房"的女人！按理说，术前我有"全切除"的思想准备。但当自己真的面对活生生的事实时，心里却又"理性"不了了。

一个没有乳房的女人是什么女人？

就一个字：惨！

第二天早上，医生来检查伤口，换纱布。

解开胸前的绑带，撕开伤口的纱布，医生小心翼翼地用酒精棉球擦拭着近 20 厘米长的伤口。此时，我用眼睛证实了一下现实，"乳房没有了，永远没有了！"

"伤口很好，安心休养。"医生干完他的事，嘱咐一句，离开了病房。

病房恢复了安静。安静的病房让我安静地思和想……

一个男人的身边，如果躺着一个没有乳房的女人，而且是一个胸前卧着两条"铁轨"的无乳房的女人，这个男人会怎么想？我不知道，因为我不是男人。

患了癌症而其配偶或恋人提出分手的，为什么是乳腺癌患者居榜首？理由还需要说明吗？

不要这样狭隘地去评判男人，或许男人有更充分的必要理由！

给点理解吧，特别是当自己已经走在人生边缘上的时候。

其实，在我的信息库中储存着两个非常感人的版本。

一个是美国青年版本：

这是两个美国人，男的叫肯·威尔伯，女的叫崔雅。我记得崔雅是在她36岁时相识了肯。于是，双方一见钟情。2周后求婚，4个月后结婚。但就在婚礼前夕，崔雅却发现患了乳腺癌。

崔雅问肯对她失去一个乳房的想法，肯非常坦诚地告诉她：这当然不是一件舒服的事，我会怀念你失去的那个乳房。但没什么关系，我爱的是你，不是你身体的某个部位。没有一件事会因此而改变的。

此时的崔雅对完全可以马上转身的丈夫的诚挚之语，内心还是充满了担忧：残缺不全、瘢痕累累、左右不均的我，对他还有吸引力吗？

也就在此时，肯突然调整刚才那种信誓旦旦的风格，说：我真的不介意，亲爱的，我看这件事的方式是，每个男人在一生中都被配给了享受固定的乳房尺寸，可以任他摸。过去的日子我有幸与你那超丰满、超性感的乳房共处，我想我已经用尽我的配额了。

崔雅笑了。

肯继续说，你难道不知道吗，我是属于那种对臀部比较有兴趣的男人，只要他们还没有发明臀部切除术，一切都好办。

这时的崔雅，像条蚕，蜷在丈夫的怀里，肯热烈地用双臂揉抱着崔雅，两人对视得甜甜蜜蜜，而后笑得眼泪直流。

接下来的日子是完全出乎两个人的意料的。

5年里，崔雅由右侧乳房肿瘤，逐步扩散至左侧乳房，最后是脑部和肺部转移、恶化，终而不治。那天，肯是让崔雅躺在自己的怀里走的。

在这些煎熬的日子里，肯践行着对爱的许诺，自始至终陪伴着妻子走过那漫长的苦厄。崔雅的身体虽受尽折磨，而心却能自在、愉悦，因为有肯的滋润和磁场。他俩谱写了这个时代已少有的爱情诗篇。

送走了崔雅，肯·威尔伯干了一件事：将妻子的婚后日记，更确切地说是妻子病后的日记，加上自己的心路历程，写就了一本名为 *Grace and Grit*（《恩宠与勇气》）的书。书一面市，就被译成多国文字，成了20世纪90年代的一本畅销书。

第二个是龙的传人版本：

这是一个老华侨和大陆妹的故事。几代人旅居新加坡的华人许先生，花甲之年成了单身。于是,他在网上"海选"伴侣。当鼠标点击在中国杭州的一位女士的照片时,许先生定格了:就是她,很"东方"啊!

她叫莉莉,一位中学英语教师。2001年患了乳腺癌,再婚的丈夫在她术后的8个月不辞而别,回他原来的家了。莉莉擦干了眼泪,埋葬好旧情,回到了三尺讲台。5年后的今天,她退休了。找个伴侣,是她现在的功课。许先生的照片,她看了看,觉得不仅顺眼,还有点儒雅;工程师的阅历,也合她心意;再接下来就是年龄,长8岁嘛,符合再婚的年龄差。

走完网上相亲的硬件程序,他俩开始"e-mail"。

键盘敲完几个来回后,莉莉突然发现,许先生更适合她的一位女朋友琴琴。因为莉莉一心想找个母语为英语的伴侣,那她的满腹英文就有用武之地了。

而琴琴小莉莉5岁,她单身不久,长得也"东方"。机械设计专业的大学教师。但英语是她的"短板",所以,只会用英语沟通的男士,自然不在她的视线内。而同专业会中文的许先生,她认为不错。

在网上,许先生和琴琴谈了10天朋友,最后,以许先生的一句"还是让我回到莉莉身边吧!"宣告恋爱终止。

莉莉对许先生说,琴琴比我年轻,大学教师比中学教师知识博,同专业的人共同语言多,特别是她双乳齐全、身材好等等,讲了一大箩筐琴琴的优势,可许先生仍旧"我自岿然不动"!甚至许先生正面回应了莉莉的乳房爱情学说,明确表示:"一只够了!"

许先生飞到杭州,在莉莉家对面的宾馆里住下了。

莉莉有点感动。

他放弃在99个正常人中作选择,而独独咬定我1个非常人不放松。

她彻底感动了,缘分啊!

婚后,莉莉随丈夫回新加坡定居。许先生和莉莉成了华人圈内的模范伉俪。

当然,过日子哪会天天是晴天,有阴天,也有雨天。但雨过天晴,彩虹却更美了。

这两个版本，各有各的情节：

肯·威尔伯和崔雅，相识 4 个月就完了婚，这样的"闪婚"照样能让人爱得荡气回肠，爱得毫无功利。

许先生和莉莉，是传统的"看照片"＋现代的"e-mail"而后进了"城"，这种在虚拟世界里的网恋照样能让人爱得实实在在，爱得真真切切。

版本虽有不同，真理却只有一个：

爱情不仅超越乳房，超越时间和空间，更超越死亡！

肯·威尔伯们和许先生们，在人间。

"潘老师，这是黑鱼汤，医院食堂的清汤不要吃了，长不好伤口的。"中午开饭时，11 床的丈夫又给我送汤了。

"谢谢，太不好意思了。"我歉意地说。

11 床和我一样，右侧乳腺癌。可 13 年后的今天，她的左侧乳房居然还会 Copy 不走样，无奈啊，上周也做了全乳切除术，和我一样成了"零乳房"女人。她丈夫每天认真地变换着花样给她送汤，她却嘱咐丈夫给我也送一份。同病相怜啊！

午休的病房静悄悄。静悄悄的病房我却毫无睡意。

因为我想她了——我的那对乳房。

她是我永远失去了的东西，追思是免不了的。

她，陪伴了我整整 55 年。

她，给了我快乐，也给了我痛苦。

让我真正感觉到她的存在是我 14 岁那年，小学 6 年级。我发现自己平整的胸部开始突起，越来越突起，像两只"生煎馒头"。那年夏天，被妈妈发现了。她说，"你应该穿件贴身的汗衫马甲，要不然太难看了。"随后，我听见妈妈轻轻地说了一句"小姑娘，开始发育了"。

60 年代的 14 岁其实只有现在 10 岁的智商，什么是发育？不知道。而妈妈的话，让我明白：我需要遮丑。穿什么样布料的衣服能遮丑呢？

那个年代有两种布料很受欢迎：的确良和人造棉。的确良很薄，却很挺，不易皱，但我不喜欢。因为它很透明。里面是戴胸罩还是穿马甲，抑或什么都没穿，外人一目了然。再说的确良价格特贵，妈妈也不会给我买的。

而人造棉虽然比的确良价格便宜多，而且也不那么透，但穿在身上太贴身，减不了我那两只"生煎馒头"的高度，就是遮不了丑。相比较不太贴身的布料就是棉布。穿棉布衣服不太透明，又不太贴身，还可以免去穿汗衫马甲。夏天，少穿一件总比多穿一件好吧！

让我又一次感觉到她的存在是我 19 岁那年，刚进工厂接受再教育。我发现自己那两只"生煎馒头"已经悄悄长成了"高庄馒头"了。有趣的是，我不再认为是丑，而认为我比胸部平平的小姑娘要好看。特别在夏天，我戴着自己做的布胸罩，穿上连衣裙，再着一双白色的塑料凉鞋，头上戴着一顶别着一朵小红花的草帽，上下班进出厂门口时，蛮得意的。

后来，同厂的一位小姐妹与厂里的男青年谈朋友，她告诉我，那些男青年背地里称我为"挺挺"，说我走路很挺的。我想，恐怕不是因为我的腿吧，实乃是因为我的胸吧！精确地说，是我胸部的乳房挺吧！我觉得这些人真无聊，思想很"下流"。这就是当时文革时代的评判标准。

让我刻骨铭心地感觉到她的存在是我 23 岁那年，乳房患了小疾，并动了个小手术。那时，我学徒满师已经 1 年多了。一同进厂的许多女孩都有男朋友了。我那位 8 级车工的师傅开始为我物色男朋友。

师傅说，钳工组的小张人不错，长得也端正。你俩谈谈看？

师命难违，我答应了。

我和小张谈得一路顺风顺水，我家人也很欢迎他。

正准备着去他家亮相时，突然，叫我到弄堂口电话房去接一个传呼电话，是小张妈打来的。她大声地明确告诉我，她坚决不同意我与她儿子谈朋友。还说了很多话，我当时都记不得了，只记得这一句。

回到家，小张已经坐在我屋里了。

"我刚在家与妈妈大吵一顿，她不同意我俩好。还说她要立即亲口对你讲，我就赶来了。"他紧赶慢赶，还是赶不上他妈妈的速度，让我先于一步听到这恐怖的结论。

"为什么？"我不解地问他。

"因为你乳房开过刀，以后会生癌的！"

"我是良性的，乳房纤维瘤，不信，可以去问医生！"我委屈地大哭。

"你妈怎么知道我乳房开过刀？"

"车间里的小王告诉她的。"原来，他妈妈向厂里其他人打听我的情况时，顺便了解到的。

"我妈还说……否则……与我一刀两断！"他吞吞吐吐地说出了这句最后通牒，但小张坚决表示不会因此变心，大不了不回家了。

我经过几天苦苦地思索，实在不愿意让他选了老婆扔了娘，娘是不应该被不选择的。

唯一的办法：我忍痛割爱！

这都是乳房惹的祸！

现在想来，如果我当初，能从此将张妈妈的话当"最高指示"来遵守，天天呵护好自己的乳房，也许今天就不会"中彩"了。

在25岁时，我开始进入女人的又一大程序：恋爱、结婚、生子。在这些程序中，我的那对乳房，除了让我体会到在"性"福时对男人的蛊惑作用外，更让我体会到初为人母的无比自豪。当儿子在我的怀中，闭着眼睛，本能地张开小小的嘴巴，第一口吸吮我的乳汁时，一股痛的愉悦让两个生命爱成一体。其实，这才是乳房最原始，也是最崇高的功能。

在我45岁至55岁的这10年，我的一对乳房真是给我撑足了面子。

这个年龄段的女人，体型往往会任着性子变化：腰，争着和上下腹部连成一体，有时臀部也要挤进来，于是大家实实在在地成一"桶"。最讨厌的是乳房，偏偏在此时也"怠工"了，懒懒的，提不起精神，渐渐往下垂。

而这时的我，仍旧该突的突，该凹的凹：胃是胃，腰是腰；臀部照样恪守其职；特别是乳房，在她的岗位上精神焕发，坚挺依旧。

我，太不合群了！遭到了周围许多女朋友的妒忌："美死你了，什么衣服都能穿！"

最有趣的是我到胸罩店买胸罩，那些营业员小姐边帮我量尺寸边尖叫："70C罩，不得了，模特儿身材！"

70是胸围的尺寸；C是罩面的大小。这是我25岁时的尺寸，55岁的我仍旧30年一贯制。当然，我不能贪天功为己功，这不是我努力的结果，而是老爸基因的功劳，我奶奶活到79岁，照样是老年模特身材。

有一位男人，白底黑字，很文学地描绘过我的乳房。享有这一权利的，当然非我丈夫莫属。一次，他兴致勃勃地朗读给我听，我听得肉麻肉麻的。此时，可能无声的视觉阅读要强于有声的听觉语言。

别了，我那可爱的乳房！

别了，我那恐怖的乳房！

有了，我那让我永远坚挺的义乳！

生活中没有绝对的好事，也没有绝对的坏事。

中国哲人老子曰：祸，福之所倚；福，祸之所伏。

中国女人潘肖珏曰：得意，不要忘形；失意，不要气馁；否极，还会泰来。

病房里嘈杂起来了。

到了护士开始量体温、问病人的两便情况的时候了。

我的乳房追思会结束。

生活中没有绝对的好事，也没有绝对的坏事。

中国哲人老子曰：祸，福之所倚；福，祸之所伏。

中国女人潘肖珏曰：得意，不要忘形；失意，不要气馁；否极，还会泰来。

三、我和医生

——多彩语境中的对话

记得有张报纸曾经说过，"三分之一的癌症病人是被吓死的，另有三分之一的癌症病人是被过度治疗而死的，还有三分之一的癌症病人是无法治疗而死的。"

看来情况是这样。

我不知道哪来的勇气，当然是微笑着说的。

"那我靠意志！"

"靠意志？成功的只有十万分之一，但轮不到你。"

主任会这么说，我实在没想到。我无言以对。

病了，把身体交给谁？
交给医生，但不完全交给医生。
学做聪明的病人：
开启自身的思考和焕发机体的自愈力。

每个人或多或少、或早或晚都会进入一个预设的多彩语境：她是红色的，"红十字"的标志，全地球人都认知；她是白色的，"白衣天使"每每翱翔其中；她是绿色的，生命之树常绿；她是蓝色的，焦虑时输入安宁，恐惧中敷上恬静；她是灰色的，有时会刮"忽悠"风，让你感到云里雾里；她也有黑色时，让一本一本大写的"书"画上句号。

人们置身在这个多彩的语境中，往往是被迫的、无奈的，但可能又是必需的。

2005 年，我与这个多彩的语境"亲密接触"183 天，我当时的社会身份是："住院病人"。在这个语境中，有很多值得回忆的对话。

（一）痛，是想出来的！

晚上 9 点半，医院骨科急诊室。

"你左腿股骨颈骨折，还好没错位。住院。手术。打钢钉内固定。绝对卧床 120 天。"

一位 30 多岁的女医生，边看我的片子边说，一口气说了 5 个句子。然后拿起笔，在准备开住院单时，才想起把脸转向我。

"医生，不开刀，行吗？"我的声音有些颤抖，近乎哀求地问。

"不行！"

"我保证绝对卧床 120 天。"

"那你签字，股骨头坏死，自己负责！"她严肃地命令着。

"股骨头"是什么？为什么它会坏死？我显然没有这方面的知识，但那个"死"字让我太恐怖了。于是，我很听话地住进了医院。

第二天早上 8 点半，医生开始查房了。

"这就是刚才那张片子的病人。"站在最前面的一位眉清目秀的中年男医生，对着我的病床，向他背后的一群医生说话。我判断，他肯定是主任医生。看来，他们已经讨论过我的病情了。

"你要手术，你是'头下型股骨颈骨折'，预后差。我看你还是换个人工关节吧，这样 14 天后，就能下床活动了。"

14 天就可完事，太好了，没等他说完，我就微笑着一个劲地说"谢谢，谢谢！"

"给她做个牵引。"他在对旁边的医生下医嘱，"她的手术安排在下周二"。他边说边把脚步移向了下一个床位，一群医生跟着他。

"下周二再做手术，那我还要再等 4 天"，我嘀咕着。

"你赶快找找熟人？要不，送点红包？"家人着急地给我出主意。

我否定了，一切顺其自然吧。

做了一天的"住院病人"，心里感到很不爽。自身骨科医学的"零知识"状态，让我无法与医生对话。"开刀"不是"吃药"，可以在吃药前，仔细研究该药的说明书，最后你自己决定这药该不该吃。今天主任医生与昨晚急诊医生说的，显然是两种完全不同的手术方案，这两种方案在我身上的利弊，我惘然无知，所以我就丧失了话语权，更免谈选择了。

我把护工叫来，请她在病区里找找与我同病的，但不是换关节的，而现在正好在住院拔钉子的（打钢钉内固定，一般术后 1 年半就可以住院拔钉子了）病人，我"就地取材"地收集这一方案的利弊信息。来了 3 个病人，同病相怜，他们跟我配合得很好。交谈后，我基本过了此方案知识点的扫盲关，还知道了"人工关节"的有效期是 15 年左右，那意味着我到了 70 多岁，还要再换一次。

我又把护士叫来，请她帮我找一下医生，随便找哪位都行。来了一位年轻的进修医生，我请他告诉我，这两种方案在我身上的利弊。他支支吾吾的，说得很不清晰，不知道这个问题正是他的知识盲点呢，还是他不想在"主任"与"急诊医生"之间作选择。我不能太为难他。"谢谢"之后，他走了。不过，对我来说，收获还是有的，他让我知道了"换人工关节"的自负费用是 3 万元左右，"打钉的"的自负费用是 5 000 元左右。

最让我兴奋的是，我找到了一位同病的医生朋友，她年长我 9 岁。她当时的病情是，股骨颈断端错位 360°，出事后 2 小时就做手术了，方案是"复位，打钢钉内固定"。现术后 5 年多，基本无后遗症。在与她近半小时的通话后，我已经可以对两种方案做出选择了。于是，我盼望早点与主任对话。因为这次对话很关键，我几易腹稿，争取成功。

病房里的病友，看我忙了一整天，都笑话我：躺在床上，还要"调兵遣将"。

隔一天的下午，主任来到了我的病床边。

"主任，您好辛苦啊，星期六还上班。"我连忙先打招呼，情感沟通，拉近医患距离。

然后，我先礼后兵地说：

"不好意思，我想请教您一个问题。"

"什么问题？"

"您认为，我有没有打钢钉内固定的手术指征？"我很礼仪地用选择问句，并稍稍卖弄一下刚学的医学术语。

"有。"他回答的结论，是意料之中，但说话语气之干脆却是意料之外。

我小心地在诱导他自我否定，想实现"临门一脚"。

"主任，我想选'打钢钉内固定'，您认为可以吗？"继续用选择问句，把最后的决策权还是交到他手里。

"这方案，预后很差，即使骨折愈合，也可能发生股骨头坏死，不发生坏死的可能，只有30%。如果你要坚持，那可以。"我看着他的脸，似乎有点不悦。

"我知道了，主任，我会努力的。"我说得很平静。

我们的对话结束了，他离开了病房。

手术后的1周内，情况很好。但第8天开始，感到刀口周围痛。医生检查伤口，未见皮肤红肿。以后，又断断续续地痛，而且好像是从伤口里面痛出来的。

查房时，医生说，化验个血常规、拍个片子。

检查结果，没有问题。

而我继续痛着，有时还痛得很认真。

医生说，没关系，过几天会好的。

伤口拆线了，但我痛依旧。这是什么道理？我又与医生对话了。

"医生，我这样痛，是不是在长骨头？"

"别人也长骨头，人家为啥不痛？"我语塞了，这问题怎么问我。

"那是不是出现了股骨头坏死的先兆？"我继续问。

"没那么快。"

把身体交给谁？交给医生，但不完全交给医生。学做聪明的病人……开启自身的思考和焕发机体的自愈力。

"那是不是钉子与我的内环境不吻合？"

"不可能。"

医生有点不耐烦了，接着说：

"知识分子就是喜欢多想，你可以出院了，换个环境就好了。"

"啊？痛是想出来的？"我心里在说。

那段时间，我痛并苦闷着。

隔行如隔山，对许多医学知识我可能不太懂，但是隔行不能隔理啊！

医生开始躲我，他们心里肯定在想：怎么碰上这样一个病人——如此刨根问底。

我也觉得，不应该老就这个问题去追问医生，还是自己做一些案头的工作，记录每天痛的时间、方位、程度、频率等内容，看看有否规律性可循。然后作为一个病历，交给了医生。

医生把这张我叫家人誊得工工整整的"病历"，看都没看，就往白大褂口袋里一塞，淡淡地说了句："还写下来？说说就可以了嘛。"

我笑笑，没有回话。

病人能有机会与医生好好"说说"吗？很难的。

医生每天的查房，有时像一阵风，特别是对老病人。这也不能怪医生，因为手术室里已经有手术病人在等他，他不用这个速度查房，行吗？据说，每天晚上的值班医生，也应该到本病区的各个病房走一走，但能做到这一点的医生，几乎是凤毛麟角。

其他的时间，你好不容易见到你所需要见的医生了，但他说话很吝啬，说无主语的单句见多，而他的表情、他的肢体语言又都会不停地暗示你：我很忙。于是，你又只能欲言欲止。

而医生办公室里，大多数是进修医生和医学生，或刚毕业的住院医生，病人找这些医生，又总觉得心里不踏实。

我试着琢磨医生的临床思维：

如果病人说"痛"，第一，察看伤口、观察体温、研究血象，排除术后感染；第二，拍片子，观看体内情况，排除手术问题。这两步基本上可以排除医学上的问题了。如果病人还是那样的主诉，医生就认为是心理问题。于是，他们就不予理睬。

几天后，我只得出院了。

我和几位病友通话，得知她们中，也有和我一样"痛"的。解决的办法是，每天两次用热毛巾热敷伤口处。我也试了几次，症状的确改善不少。

我继续卧床，继续着我那"120 天"的倒计时。

（二）十万分之一，为什么不是我？

这是另一个语境。

医院的乳房肿瘤科病房。

我的床头卡上显示的身份是：右乳 Ca 病人。

3 周前，我在一家医院做了右侧乳腺癌改良根治术，现在到这家医院来做放疗的。

这是入院的第一天晚上，我的床位医生正好值班，他到我病房，与我聊天。

"你为什么不肯静脉化疗？"他很和气地询问我。

"静脉化疗药对心脏的毒副作用太大了，我心脏不好，受不了。不过，我吃口服化疗药希罗达，另外坚持吃中药。"

"单一的希罗达是不够的，而中药是调理性的，不能直接杀死癌细胞。"他说得很肯定。

我不想就中药的抗癌作用问题和他理论。第一，我没有这个底气；第二，刚入院，就和医生针尖对麦芒，太不礼仪；第三，他也是好心，他想挽救我。所以，我恳切地说：

"那请您推荐一种毒副作用小一点的静脉化疗药。"

"紫杉醇。"

然后，他滔滔不绝地讲了许多有关紫杉醇的故事。它是一种植物，怎么被日本人发现它的抗癌作用的，而后又如何被用于临床的，现在国内外医学界对它的评价如何如何等等。我听着听着，心想，这样不厌其烦地与病人沟通的医生，太少了。

"好的，医生，让我考虑考虑。"我心存感激地说。

第二天，我请家人从网上下载了所有关于紫杉醇的材料，希望它能是我这种乳腺癌的克星。同时，又找了许多有关化疗药与股骨头坏死的材料。我躺在病床上仔细阅读，不希望在自己身上发生"歼敌八百，自伤一千"的赔本战争。

记得那天刚吃完中饭，床位医生来了，笑呵呵地问我，考虑得怎么样？

"医生，我想请教一下，紫杉醇使用前，是不是先要用地塞米松？"我向他证实这个对我来说蛮重要的问题。

"对，是为了防止过敏。"

"医生，不好意思，我因为股骨颈骨折，还未痊愈，用地塞米松这类激素药，行吗？"我深知，自己是在向医生请教，即便此问题我已经很有把握了，也不能用判断句说话。

"小剂量，40毫克，没问题的。"医生说话是善于用判断句的。我心想，6个疗程的话，那就是240毫克。再加上紫杉醇这类化疗药，对骨髓都有抑制作用。那我这股骨头坏死的可能性就大大提升了。最重要的是，紫杉醇也并不是百分之百地能治愈我的乳腺癌。但这些话，我不能说出来。

"医生，我还想请教，临床上有没有碰到过使用紫杉醇而发生并发症的病例？"我壮着胆子问。

"有。"

"什么并发症？"

"呼吸窘迫综合征。"

"那怎么处理呢？"我紧追不舍。

"轻的，吸氧；重的，切开气管。"真是很谢谢他，能沟通得如此充分。这时，他可能看到我的脸上有惧怕表情了，忙说：

"不要害怕，这种概率很小。不信，明天主任查房，你可以问问他。"

"好的，谢谢您，您赶快去吃饭吧，已经12点了。"

我们结束了对话。此次对话，真是得益匪浅。

抗癌战争，也要用《孙子兵法》，就是知己知彼，才能百战不殆。

午休时，我在思考，明天如何与主任对话。

主任查房了。

这位主任看上去60岁左右，但人很精神，很有外科医生的气质。据说，他是这里开乳腺癌的"一把刀"。

"你是大学老师。"

"是的，主任。"

"你知道自己的病情吗？"

"知道，浸润性导管癌。激素受体都是阴性，腋下淋巴结阳性，HER-2强阳性。"我说完，所有的医生都笑了，包括那位主任。可能是因为我回答得像小学生背书一样。

"听说你不愿意静脉化疗？"看来这个主任对我已经很了解了。

"主任，我因为骨折，躺在床上3个多月了，又经受了两次大手术，如果再静脉化疗，我真的吃不消了。我经常要犯心脏病，这些天，血压也往上蹿，所以……"还没等我说完，主任就抢着说：

"你这种乳腺癌已经比人家少了一种内分泌治疗的手段，再不静脉化疗，非常危险！"他停顿了一下，又说：

"我告诉你，乳腺癌是一种全身性疾病。一年后，你远处转移的可能性很大，或到脑，或到肺，或到肝，或到骨头，到那时就麻烦了。"全病房的人都屏住呼吸了，太可怕了！

这些话听上去是很恐怖的，但他可能是实话实说，他在击醒我这个"顽固分子"。我当时一边听一边暗暗地在给自己鼓劲"不要怕，不要怕，咱们有办法！"

记得有张报纸曾经说过，"三分之一的癌症病人是被吓死的，另有三分之一的癌症病人是因过度治疗而死的，还有三分之一的癌症病人是无法治疗而死的。"看来情况是这样。

"那我靠意志！"我不知道哪来的勇气，当然是微笑着说的。

"靠意志？成功的只有十万分之一，但轮不到你。"主任会这么说，我实在没想到。我无言以对。

医生们走了。

我的研究生小张，跑到我床边，蹲着握着我的手，我看见她眼圈有点红，刚才全部的对话她都听见了。她紧了紧我的手。

"没事的，相信老师。"我用另一只手，抚摸着她的头，说得很轻，但语气很重。

她点点头。

我开始按计划放疗了。

病了，把身体交给谁？交给医生，但不完全交给医生。学做聪明的病人：开启自身的思考和焕发机体的自愈力。

放射科医生告诉我，根据我的病情，两处需要放疗：右胸壁和右锁骨。共放疗25次。进行到第4次，就在放射科的那架机器上，我犯心脏病了。医生说，休息几天，等心脏好了，再继续放疗。但我不想再继续了，癌症是一种慢性的消耗性疾病，而心脏的变化是瞬间的致命性的。

口服化疗药希罗达，我也只服了一个多疗程，肝功能就出问题了，GPT指标上升到近100 U，肌酐指标也不正常。医生又说，停一下吧，等肝功能、肾功能都恢复后再服用。我也没有遵医嘱。

有人说，你是不是因为放化疗要脱发，怕影响自己的形象？答案当然是否定的。"生命至上"，没有一个人会这样"舍本求末"的。问题是放化疗让我的主要脏器都亮"红灯"了，我必须停止！

为什么我们要"生命不息，放化疗不止"呢？我们不能只注意这个"病"，而不注意生这个"病"的"人"！如果"人"都被弄得"千疮百孔"，那么治这个"病"的本钱在哪里呢？

"癌症"这个顽敌，人类在与之战斗的时候，并没有交"白卷"，但始终也没有得"高分"。这之间，除了人类对它本质的认知程度的因素外，自身作战的思维方式不能不说没有问题。

遗憾的是，我的这些思想很难与医生沟通，我怎么找不到"知音"呢？不过，想想也是，医生的风险，谁来承担呢？

我终于决定：坚决不放化疗了！我的生命我做主！走免疫疗法的路，走中药治疗的路，走我自己制定的"快乐疗法"的路。

我准备出院。

出院前，我做了全身检查，发现左侧乳房有钙化点。我赶紧电话咨询了3位高年资的医生，都不约而同地说："开刀！"

天哪，为什么不给我点时间？！

我又被推进手术室。左侧乳房全切除。这样，我的"两房"都扫平了。

病理检查报告：良性乳头状瘤。

谢天谢地。

医患关系中病人是处于弱势的一方，但聪明的病人可以改变自己的弱者地位。

讴歌在《医事》中给聪明的病人画了一张像：

他能意识到自己的愿望和需要，是积极、主动提问题的病人，想知道每项检查和手续背后的原因。他是为自己的健康着想并时时刻刻要求求证下一步是否正确的人。他拒绝被操纵，不因为别的病人都对医生唯唯诺诺就会全盘接受，但他同时又在沟通中表现了对医生足够的尊敬、坦率和真诚。

而医患关系中处于强势一方的医生，他们也有话要说：

如果说医学是门并不完美的科学，那么从事医学的医生，就是选择了一份背着人道主义的重担，过程却冷暖自知的职业。医生承担着来自病人类似上帝的期待，却脱不了一个凡人的身份。医生作为职业的意义，已经超越职业之外。

说实在的，我们的医院确实无力全面根治目前不尽如人意的医疗环境，但培育和唤起医生对患者的亲和力，可能是现在医院院长改善医患关系的最好抓手。

据说，在法国，医学院毕业的一定是最优秀的人才。因为医学生第一年学习后的淘汰率是50%，以后每年都有较高的淘汰率。而淘汰的标准是两条：一是"亲和力"，二是"协作力"。他们培养一名耳鼻喉科的医生需要15年，而中国是5年。他们说，中国的医生是速成的。看来中间缺的就是"人文医学"教育。中国的医学生是从理科学生中选拔出来的，其"人文性"的缺失度就更大。

人们总觉得，我们的医生是"手术刀"气质太甚。其实，一个医生如果能具备冷静、深刻的"手术刀"气质，这也是职业的一种要求，但千万不能同时还渗透出种种的"漠然"，缺乏同情心的医生永远无法与病人真诚对话。

今天的医患危机与人文医学的缺失就始于真诚对话。

中国有一位医生到美国一家医院进修，回来后在报纸上发表了自己在美国医院的见闻：

在医院的实习生活中，有一件最触动我的事。一位丙型肝炎患者对自己的预后很担心，情绪非常低落。医生是这样开导她的："虽然药物治疗的成功率只有50%，但请你相信自己，你是属于那50%的人群，这需要你的坚持与配合。1年用药，有的人主观退缩了，有的人因为副作用而停药了，而那些坚持的人，他们成功了。请相信我们，你有任何困难我们都会给你帮助，也请你相信自己，1年以后的今天，你的治疗将会起作用的，好吗？来，我们拥抱一下吧！"

在他们拥抱的一刹那，患者先前充满疑惑的眼中满是泪水，我们则情不自禁鼓起掌来。这样的真诚，这样的理解，几乎每天都在进行，它们不断震撼着我、感染着我。

看了这段报道，我很羡慕美国的病人，也琢磨着我们的医生怎么跟美国医生是反着说话呢？我们医生为什么习惯将自己眼前的病人搁在治愈率的失败比例中？有人说，答案只有一个：不想承担任何一点风险。但我却不忍心这样说。

我认为中国医生出现这种情况的原因有二：一是中国医生的医学理念有问题，往往"征服疾病"有余，"敬畏生命"不足；二是中国医生对如何调动病人的精神意志来加速对细胞的修复、自愈这一点，理论上认可，临床上却疏忽。

从上述报道的字里行间，我们可以体会出美国医生与病人沟通时那关爱的眼神、亲切的语气、随和的表情，还有那个"拥抱"，这些对中国病人来说都是很难享受到的。我们的医生如果能主动与病人"握握手"，那对病人来说，实在是治病中不可多得的一味良药。病人真的很希望医生能多给一点点"呵护"，生了病的人，常常会感到焦虑和无助。正如著名医师特鲁多（Trudeau）所说，医生应该："有时，去治愈；常常，去帮助；总是，去安慰。"

现在这个时代，"医生无所不知"状态已经过时。各种渠道，使原先存在于病人与医生之间的信息，由"绝对不对称"向"相对不对称"转换。于是，病人在与医生的沟通中，也从"全失语"向"半失语"，甚至"不失语"转换。

病人在思考：病了，把身体交给谁？

最好的医生其实是和病人一起作战的。

四、"美梦"与"现实"

——我的三把治疗利器

世界是平的，因为互联网；
有些医学知识，
患者是可以快速学习的，
也因为互联网。

癌症患者在被确诊初期，他们的家属都会本能地向病人启动一项将病情避重就轻的告知程序。同样，我也享用亲人给予的这份善意的谎言。

"我的病理检查报告出来了吗？"乳腺癌术后已经 10 天了，我试图问问家人。

"早呢，还没出来。"或许他们还没有想好怎么跟我说，就用此话来敷衍我。

第二天，我心平气和地对妹妹说，不要瞒我，要真情相告，今后抗癌的路是要靠我自己来走的。

"那好，我告诉你。"

我突然感到心跳加快，手心有点出汗，到底还是紧张的。

"我的病是第几级？腋下淋巴有没有转移？"我抓了两个关键问题提问。

"是二到三级。"

"总共分为几级？"

"医生说，总共分为三级。"

"那好，还没到最晚期！"我居然如此冷静而又快速地为自己下个定性的判断。

"腋下淋巴有转移了。"妹妹看我并没有被吓倒，就大胆地输出另一个坏信息。

"转移多少？"我急切地问。

"十三分之一"妹妹压低声音回答。

"还好，还好，还好。"我下意识地连说了 3 次。妹妹对我的表现感到很不惑，我没有哭，她倒眼圈红了。

那天夜里，我做了个梦。

梦见我和一群人站在一块很高很高的悬崖上，这个地方很恐怖，环境很糟糕，空气稀薄，所有的人都在大喘气。于是，纷纷在一个明示的出口处争先恐后地往下找逃路，但下去的人并非都有好的结果，或缺胳膊断腿的，或不断呻吟的，而且丧命的更多。这一状况，让我决定重新寻找更好的出口下去。找啊，找啊，找到了！我努力着爬下去，慢慢地、慢慢地，一脚深一脚浅地，很艰难，但我咬紧牙，坚持着。最后我安然无恙地到达了地面。于是，我在下面指导着其他的人从这一出口下来……也许是太高兴了，梦突然醒了，醒来一身汗。

我一看时间，凌晨 4 点多，窗外一片漆黑。这是黎明前的黑暗，但离东方白不远了。

这个梦绝对是个好梦，冥冥之中她预示着我生命的走向，我将走一条与众不同的有效的抗癌之路，而且我一定会成功！

我躺在床上，不断地思考着这个梦的续集，尽管都是白日梦。

我想着自己成功后，在写书、在演讲、在指导许许多多的病友；我想着自己的书被翻译成多国文字，在许多国家畅销，挽救更多更多的人；我想着自己办了一个"女性健康大学堂"，让天下的女人不生病，少生病，特别是不要生我这种病，万一生了病，我指导着她们慢慢地转病为康……

梦是什么？

平时人们习惯把不可能做到的事，说成是"做梦去吧！"

而美国、荷兰等国科学家在经过一系列惊人实验后宣称，他们相信人的大脑真的拥有"预见未来"的能力。这种"预见未来"的能力一旦被人感觉了，这就是人们常说的"预感"。而"预感"有时是在人的梦中让你体验的。

有专家认为，每一个梦都是藏象生命体参与人类生命的一则公告，其中包含了指导我们化险为夷、摆脱困境、趋利避害、超凡脱俗的各种信息，只要善加利用，我们每个人都可以成就辉煌的生命。

这些大师们对"梦境"的权威诠释，太棒了！我追认这些"高见"是产生我这个梦的理论依据。

人们对梦的记忆，绝大多数是稍纵即逝的。然而，对有些经典的"主题梦"，时间却丝毫磨不去人们对她的回忆。

20 世纪 80 年代中期，我在中国改革开放的前沿广州暨南大学读"现代汉语"研究生课程，正当我苦苦思索毕业论文选题时，有一天晚上我做了个梦。

梦中我在一家棉布店里选面料，挑了质地手感完全不同的两种面料，回家精心缝制了一件很别致的衣服，穿在身上。小姐妹们看见后都啧啧称赞，说这种样式的衣服"新式、新式，没有看到过"。可我却前言不对后语地说，这个款式叫"公关语言"。于是，她们哈哈大笑，连连摇头说，"听不懂，听不懂"……梦醒了。

这是个什么梦？我有点糊涂，更有点奇怪。这"牛头不对马嘴"的事，怎么莫名其妙地搞在一起。但我又觉得，这个梦不一般，我得好好想想。

首先，"公关"这个词，怎么会跳到我梦里来的呢？缘由是那天上午，我在报上看到广州中国大酒店成立了国内首家宾馆公关部的消息时，脑子里一直在思索，"公关部"是干什么的？因为当时国人对这个"舶来品"还很陌生。于是"日有所思"，也就"夜有所梦"了。当然它在整个梦境中出现得既不合逻辑，又不合事理。

而"公关语言"这个概念，却让我加快了跑图书馆的速度。最后，"她"就是我毕业论文的选题，而且居然一发不可收，两年后成就了中国第一本研究"公关语言"的27万字的专著。3年后，这本专著获得了"优秀图书奖"。读者的反馈还真是印证了当初梦中小姐妹们的话"新式、新式，没有看到过"。更让我始料未及的是，这本《公关语言艺术》的生命周期竟然横跨了近20年，其中再版了4次。脱销时，市场上居然还出现盗版书。

这个梦让我一不小心成了今天中国公关界非著名却稍稍知名的专家学者，她真的给我带来了好运，但我却始终无法合理地解析这个好梦。

若干年以后，我阅读了弗洛伊德的大作《梦的解析》，终于明白我当初这个梦的合理性。

弗洛伊德的研究证明，人类做梦的材料主要来自过去的生活经历和感受。而梦中记忆材料的选择，往往体现了一个人特有的秉性。

原来梦中那个自己做衣服的情节来自于我"文化大革命"的一段经历。那时学校停课，我跟人学了女人必备的两种手艺：缝纫和烹饪。那时我才17岁，已经可以帮人家做中山装了，而中山装是男性服装里最难缝制的一种服装。烹饪的最高水平是在我20岁那年，独立操作了我师姐的两桌婚宴。

至于梦中我喜欢用别人看来不可思议的、"质地手感完全不同的两种面料"来缝制一件衣服，其实这就折射了我的秉性：喜欢与众不同，喜欢另类思考。用现在的时髦话说，具有"创新"意识。这样看来，我当初的这个梦蕴涵了一种跳跃式的思维轨迹，她暗示我毕业论文选题的创新角度。而我当时对自己"梦境"的领悟，20年的时间证明是对的。

如今我身患绝症，命运却让我在绝处逢生，又遇到了一个好梦，这是"上帝之手"的施惠。也许会再有一个"20年"来证明，我对今天这个"梦境"的领悟也是对的。

什么是"美梦成真"？这是文学语言，是人们的一种良好的愿望。我心里很清楚：这"美梦"和"现实"之间"惊人的一跳"，绝对不是在梦中实现的。

出院后，我开始踏上了"现实"之路。

我的第一步是好好认识我的这个病。查阅了大量的资料，最后摆在我眼底下的是触目心惊的3条结论：HER-2阳性的乳腺癌相对于ER、PR阳性的乳腺癌无病生存期短，复发转移的概率大，死亡率高。这类乳腺癌用医学术语来判断叫"预后差"。

当时，我瘫坐在沙发上，半晌才缓过气来。

"不行，我倒不相信就此等死，肯定还有办法！"上帝在给你关上一扇门的同时也会打开一扇窗。"窗在哪里？不急，慢慢找。"我不时地自我安慰着。

在寻找"窗"的过程中，我又发现了一条信息：HER-2阳性的乳腺癌患者的DFS在化疗组与非化疗组之间无显著差别。我突然眼睛一亮，尽管我并不明白"DFS"的含义。

"DFS"是无瘤生存率的简称。"HER-2阳性的乳腺癌患者的DFS在化疗组与非化疗组之间无显著差别"这句话实际上可以这样理解：我的这类乳腺癌对化疗并不敏感。

"天哪！"我兴奋地握拳在头顶上舞动了两下，我终于找到了自己铤而走险不化疗的"实践"依据。这条信息，不，我更愿意说这条"真理"给了当时在"黑夜"中的我一道亮光，让我依稀感觉："窗"，快找到了！

"2005 年 11 月 3 日据英国媒体报道，科学家最新的研究成果显示'月见草油'将会成为治疗 HER-2 阳性乳腺癌的利器，实验室的实验结果表明：月见草油中的物质不仅能有效抑制这种乳腺癌的重要基因，还能增加抗癌药物的药效。"

我在网上看到这则消息的时间是 11 月 10 日，也就是说，这个信息我几乎是在"第一时间"获得的。当时的我，不由自主地狂叫"我有救了！我有救了！"我跑到 18 楼的窗前，鸟瞰着楼下匆匆行走的路人，希望他们能听到我的心声，能分享我的喜悦。

我把网上的这个内容下载了，复印了好多份，送给我所认识的医生，他们比我接触的病人多，可以救更多的人。

月见草油是老药新用，这药原来是治疗高脂血症的。月见草是一种北美植物，药材是讲究产地的，于是，我请温哥华的同学给我捎来正宗的月见草油胶囊。

我意识到，我要寻找的那扇"窗"正在被慢慢地打开……

我在一本书中看到，美国科学家在那些已经自发地产生了乳房肿瘤的老鼠的饮水中，添加进不同浓度的硒，当饮水中只含 0.1ppm 的硒时，94% 老鼠的肿瘤扩展；而在饮水中含有 1ppm 的硒时，只有 3% 老鼠的肿瘤扩展。

这个实验，让我回忆起储存在脑海中的一个事件。

我国黑龙江有两个农场，曾一度发现农场中癌症患者骤升。营养学专家于若木得知后，立即深入当地调查，认为原因是该地区严重缺硒，建议有关方面对农作物施硒肥解决贫硒问题。后来农场在农作物生长期用飞机低空向叶面喷亚硒酸钠，使植物的叶片充分吸收，农作物就成了富硒作物。农场人吃了富硒粮食以后，癌症的发病率就明显降低。

硒是一种微量元素，希腊人把硒称为月亮女神寒勒涅，就是赞美硒的战胜癌魔的能力。

"硒对抗癌的潜力可以归因于它的抗氧化特性。因为硒是谷胱甘肽过氧化酶合成的成分，它可防止不饱和脂肪酸的氧化，抑制可能成为致癌因素的过氧化物和自由基的形成。"

医学书上对硒的抗癌道理讲得很专业，太难懂，特别是什么叫过氧化物？什么叫自由基？我努力学习后，试着把它们"平民化"。

人的生存离不开氧，通常吸进体内的氧气绝大部分都被正常利用了，而剩余的氧就形成了过氧化物，在体内"瞎转"变成了自由基。当人体自身没有能力清除它时，大量积聚在体内的自由基就像氧化作用腐蚀金属一样，导致各种疾病，包括癌症。

我们曾经以为，在这个世界上，细菌和病毒是威胁人类生命和健康的两大宿敌，却疏忽了这个比细菌和病毒更凶险、更隐蔽、更难对付的敌人——自由基，也叫过氧化物。打个形象的比方，过氧化物就像"火"，能够浇灭这"火"的物质就是抗氧化物。抗氧化物能让身体的代谢达到平衡，不生病。

如果我们把抗癌看作是一场战争的话，那这场战争的敌我分析图，是否应该是这样的：

敌　　人：　自由基
主力部队：　患者、医生
支援部队：　亲友团
前线武器：　抗氧化物（硒、维生素 C、维生素 E、类胡萝卜素等）
后方武器：　维生素 B 族、叶酸等
敌军增援：　可导致身体产生更多自由基的条件（环境、情志、压力、不良生活方式等）

这样的比喻，硒在抗癌战争中的重要作用就一目了然了。

不要迟疑了，我必须马上补充微量元素硒。补充多少量？剂量决定质量。硒的有用性和有毒性是互为存在的，不可小视。我反复查阅了各种有关书籍，根据我的病，安全剂量应该是每天

400 微克。

我周围的朋友，在我的游说下，也纷纷加入了防癌的行列。当然，我建议他们的服硒剂量是保健量。

接下来我关心的是哪些食物中含有丰富的硒？一查，好多呢！比如豆类、芝麻、虾、大蒜、蘑菇、小米、板栗和动物内脏等。除了动物内脏外，其他的食物都列入了我平时的食谱中。

我有时会问自己：为什么别人不生病，而你会生病？中国人回答：是因为体质差。

而国外科学家断言：百病皆从体液趋酸化开始。当人体体液的 pH 值（即酸碱度）正常时，体细胞和免疫细胞的活性最强，能够吞噬和消灭坏细胞。而在酸性体液环境中，免疫细胞的"火眼金睛"作用就下降了。所以癌症患者百分之百是酸性体质，酸性体质的环境使癌细胞极易生长与扩散。

最近，中国中医研究院的管胜文教授指出，通过对癌症病人的研究表明，发现他们有 3 个共同的特征，即体质呈酸性、严重缺乏微量元素硒和严重缺乏维生素 C。

事情很清楚，无论是用药物消灭癌细胞，还是用食物增加营养，如果不改善自身的酸性体质，癌细胞还会生生不息。就好比放在阴暗潮湿墙角边的一块稍稍腐烂的木头，如果不首先把它放到太阳底下，改变它的处置环境，而只是挖去它的腐烂处，然后又将其放回原处，那它仍旧会继续腐烂、腐烂、直至无可救药。

美国、日本等国的肿瘤医学专家在大声疾呼，预防和治疗肿瘤，必须从根本上改善人体的酸性体质，而最有效、最直接的办法就是直接补充甲壳素（医学名叫几丁聚糖），也称"第六要素"。它是自然界中唯一的碱性动物纤维（蟹和虾的提取物），是一种生物碱，它的医学功能是中和血液中的酸性物质，因为癌细胞在弱碱性环境中就不容易生存了。

经过如此这番的推理，我才恍然大悟，原来我们所谓的"作战方案"中疏忽了"敌人"之所以存在的"内环境"。如果我们首先改变这个"内环境"，那我们是不是就可以"不战而屈人之兵"呢？

我明白了：迅速改变自身的酸性体质已刻不容缓了。于是，"第六要素"立马就成了我的治疗方案中，继月见草油胶囊和硒之后的第三把利器。

随后我又在想，为什么国外科学家要把甲壳素称之为维持现代人生命的第六大要素。

这要从许多现代病说开来。

现代人是生活在快节奏、高压力的环境中，饮食又往往高蛋白质、高脂肪和高糖居多，这"一快四高"使得身体内的毒素积聚，于是就诞生了诸如心血管病、糖尿病、脂肪肝、癌症等现代病。

很多健康专家就此提出，必须运用三把"扫帚"来清除人体内的毒素。第一把是"物理扫帚"——膳食纤维，会像海绵一样吸附毒素排出；第二把是"化学扫帚"——抗氧化剂（如硒），对抗乃至消灭自由基；第三把是"生物扫帚"——益生菌，抑制自由基。

而甲壳素是清除我们体内毒素的第一把"扫帚"，它给人体细胞和脏器创造一个不易生病的环境。于是，它就成了继蛋白质、脂肪、糖类、维生素和矿物质等人类五大生命要素外的第六大生命要素。

我开始服用"第六要素"，每天两粒，1周后加到4粒，每周慢慢加，直至加到我应该服用的量。大概是服用了1个月左右，我突然感到身体很不适，软软的，没力气，断断续续地有好一阵子。咨询了专家后，才知道这叫"好转反应"，是平衡身体酸碱的一种暂时性反应。专家说，好转反应就如同跪坐许久的人突然站立时，因为血行不通却会产生麻痹的情形一样，但过一会就恢复正常。果不其然，又过了大概半个多月，我感到身体出奇的轻松。

有人说，世界是平的，因为互联网；同理，有些医学知识患者是可以快速学习的，也因为互联网。

抗癌，这事我就这样干了——认认真真学习、明明白白治病、开开心心生活。好好体味"日日是好日"的真谛深意。

病出个意义，很有意义。

阳光总在风雨后。

五、日子过得

——有点一惊一咋

任何事物都可以有说法，
"生"和"死"也不例外。
革命烈士："生的伟大、死的光荣"。
我对自己：活得积极、死得坦然。

我终于出院了。

住了足足半年的医院，周游了上海三甲、二甲、一甲的 4 所医院。这些日子，我成了个"职业病人"，要么在医院，要么在转医院的路上。

不堪回首的日子：惊心动魄。两大疾病齐刷刷地一起涌来报到，并让我品尝了它们"同煮一锅"的滋味："股骨颈骨折"是必须在单位时间内绝对平躺，尽快让骨折愈合；"乳腺癌"术后必须早锻炼，因为每周走路 3~5 个小时，死于乳腺癌的危险会减低 50%。可当时的我却是：动不得，静也不得。

到了可以挂拐杖下地了，可我的右腋下，因淋巴结被清扫，局部水肿、疼痛，根本无法撑拐杖；而我的左腋下，也因左侧乳房手术的原因，引流管处的切口一直没有愈合，当然也无法撑拐杖。我这不又是：右不能，左也不能。

活人总不能被"尿"憋死，办法总比困难多吧！

我找到一种用两只手掌撑的拐杖，底下是四只脚，稳定性很好。依靠它，我开始迈开双脚，一步、一圈地学走路。

我可以挂着拐杖，出去散步了。

我能抬头看看蓝天，我能低头闻闻绿地；我贪婪地吸着花园里的空气，我驻足凝视着行色匆匆的路人……"活着，真好，真好。"我心里在说。

我要去一个地方：红十字会办理眼角膜捐献。

怎样办理眼角膜捐献？问了许多人都说"不知道"。

114 电话询问，让我找到了市红十字会，但他们却又让我找区红十字会。

区红十字会又让我找街道红十字会。

没想到，这第三个电话还没让我找到终端，他们说："你应该找户口所在的居委会。"

那天下午，我妹妹陪我去居委会。

居委会坐落在我大楼对马路的小区中。一座两层楼的小楼房。

小楼房的底层是两间老年活动室，一间是棋牌室，一间是歌唱室。二楼是居委会办公室和报刊图书室。我一手扶着楼梯的扶手，一手挽着我妹妹的手臂，慢慢地，一格一格地爬上了二楼。这是我骨折后第一次爬楼，感到气喘吁吁。到了办公室门口，我只得先歇歇脚，平平气。

这间办公室有 30 多平方米，放着大约五六张办公桌。里面有不少人，叽叽喳喳的，声音不小，像个菜市场。

"请问，我要办理眼角膜捐献，找谁？"我的声音被嘈杂声湮没了。

我提高嗓门又说了一遍。有一位对我上下打量了一番，说"要本人来办理的"。显然，她刚才没有听清楚我问的话。

"是我本人。"我说。

她又用不解的眼神看了一下我，迟疑了几秒钟后，用手指着位于房门口的那张空办公桌说："办理的人不在，侬明天早上来吧。"

"你们没有看见，我姐姐腿脚不便，上楼多困难。她是来捐献，不是来问你们要东西，你们怎么这样对待的。这种事，你们应该上门办理！"妹妹大概是实在太气愤了，大声说了一连串的话。

突然，嘈杂声戛然而止，所有的眼睛都盯着我们。这时，一位中年女性向我们走来，她大概就是居委会干部。

"我找找看，表格有没有放在外面。"她边说边在翻那张空桌的抽屉。

"这里有一份"，她说着，随手将那份表格递给我，并说："你照着表格的要求填写，填完后，交过来。"稍等片刻，她又略有所思地说："大概还要交两张 1 寸的照片。"

我在回家的路上，心里很不是滋味。

"志愿捐献眼角膜"的表格交上去的两周后，我接到居委会经办人员的电话，说现在上海市有关部门决定，凡是癌症病人的眼角膜，不接受捐献。

"为什么？"这是我的本能反应。

"不晓得。你的表格，我会帮你撕掉的，你的照片我送到你妹妹家，你自己去拿。"她很干脆地把这些后事处理得干干净净，似乎在完成一件她不太愿意做的事。

为什么要把照片送到妹妹家，而不直接送还给我？因为居委会到妹妹家比到我家近 3 分钟的路。

这件事情，不管成与不成，整个操作过程，怎么始终让人体会不到一点点"红十字"的温暖？

我曾经看到过一则统计，由于我国可供移植的眼角膜奇缺，目前等待角膜移植的病人有200万，然而全国各大医院每年总共可以完成的角膜移植手术只有2 500例，多数人只能在黑暗中等待。而且原则上是一只眼角膜救一只眼睛，但由于眼角膜太缺了，双目失明的人只能先做一只眼的移植。还有一些眼角膜的边缘部分也拿来医治一些相关疾病。所以，2006年4月，身患晚期胃癌的深圳歌手丛飞捐献的眼角膜可以让4人受益。

眼角膜啊眼角膜，医学临床是多么的需要你，但办理捐献的人又是如此的提不起对你的热情，真可谓是"一边是火焰，一边是海水"，水火不相容啊。

3个月后，也就是2006年5月31日，著名残疾人指挥家舟舟的母亲张惠琴身患乳腺癌谢世。媒体报道，她在武汉捐献了自己的眼角膜。

同一种情况，怎么会有两种取舍？器官安全性的问题，难道上海与其他地区执行的是不同的标准？我不得而知。

平静的日子过了没多久，我就发现双脚的膝盖阵阵作痛，而后又扩展到髋关节和后背，早晨醒来时更甚。我去医院拍了片，医生说，好像有问题，诊断报告等明天主任读片后再写。

回到家里，我痛的面积好像在增大，程度在加深，心里阵阵紧张。熬到第二天，家人从医院回来，手里只有片子，没有诊断报告。他们对我说，拍得不清楚，建议马上到专科医院做骨扫描（ECT）检查。其实"诊断报告"在他们口袋里。

一个星期后，骨扫描检查告知：可能是骨转移。医学术语是：右第1前肋、第3腰椎右侧放射性增高。

我惊呆了！只有半年的时间，就骨转移了！

时间就是生命！病急，往往会自觉不自觉地乱投医……

北京有一位大夫，专治乳腺癌骨转移。我立即去电，她在电话中告诉我，先到银行"实时汇划"3 500 元，然后款到发药。一般治疗 10 个疗程，花 35 000 元保证你痊愈。

浙江……

河南……

基本上都是类似的"江湖诀"，这样的就医，心里很没底。身处拥有优质医疗资源的大上海，我还是应该去专科医院。

"医生，我的这些片子是'疑似'，还是确诊？"我又去问骨科医生，并拿着刚化验的单子对医生说："这是我的'肿瘤标志物'指标，都是正常的。"我试图在排除。

"'肿瘤标志物'的指标低，不等于没问题；指标高，不等于有问题。你再去做一下 PET/CT 吧。"医生坚定地对我说。

面对我这样一个肿瘤患者，医生要求再进一步检查，完全合情合理。但他如此回答我的化验结果，我被搞糊涂了，照他的说法，"肿瘤标志物"的化验在肿瘤筛查中变得毫无意义了。

我要搞清这个问题。

我快速搜索各种渠道的信息。

大量的资料告诉我，"肿瘤标志物"的特异性不是太强，检查结果即使是阳性，也并不能最后确诊，因为有些脏器的炎症，也会引起其指标攀高。所以，"肿瘤标志物"的指标在诊断时只是一种参考，并不绝对。问题终于真相大白了，原来那位医生只把话说了前半句。我心想，"对病人不说半句话"，这对医生来说，是不是很难啊！

遵医嘱，我去做 PET/CT 了。

我去的这家 PET 中心，不同凡响。

这个中心面积不大，只有五六间小房间和一间大房间，中间是一个三四十平方米的大厅，周围是一排宝蓝色的绒布椅子。大厅的中间有一根四角柱，有 4 样东西围着柱子：一张矮柜，上面放着 PET 中心所有医生的名片，病人可随便拿，明示着病人可随时与自己喜欢的医生联系；另一张矮柜，放着一些保健类杂志，让来检查的病人翻阅，减少病人因等候而引起的焦虑；柱子的另两端，各放两盆郁郁葱葱的铁树，使厅内充满勃勃生机。厅的拐弯处，有一台饮水机，饮水机下面的柜子里有干净的一次性茶杯，供病人免费饮用。

这里的医务人员不多，看上去他们分工很明确，各司其职：迎客、验血糖、问病史、打静脉针、检查、送客，井然有序。他们与病人说话，轻轻地；向病人解释，慢慢地；呼唤病人的名字，柔柔地。

来这里的病人绝大多数是大病或疑似大病，病人都是预约好时间的，1个小时一批，不忙不乱，一派宁静。

我坐在椅子上等候。

我在看刚才医生给我的"PET/CT诊检流程及注意事项"：

"您好！欢迎您来PET/CT中心诊检。您是我们第015451位客人……"

然后是诊检流程及各种注意事项，一共18条，将每一项流程所需要的时间和可能会出现的问题以及解决的方法都一一列出，非常细到，让病人一目了然。第17条是"本中心拒收'红包'、'回扣'"，第18条是投诉电话。

我环顾了四周的病人，他们的神态都很安详，是不是这个地方可以让他们那颗"不安的心"放下了？

我的脑海里回响着前几天与该中心的一段电话：

"我心脏不好，PET检查前的静脉注射显影剂会出问题吗？"这是我唯一担心的，我必须咨询。

"请您放心，绝对没问题，我们会安排专门房间让您在床上多休息一会。"接电话的正好是该中心的主任，语气很温和，一点都不拿腔拿调。

"全身检查需多少时间？"

"根据病情，大腿到头部需20分钟，脚底到头部需40分钟。不用害怕，我们会为您放背景音乐。"他回答得不厌其烦。

"我现在腿的骨折还没痊愈，我到你那里是横穿一个上海……"

"这样吧，您请家人陪您打的过来，来回费用我们承担。"他打断我的话，特事特办。几秒钟之内，我被这种诚意语塞。因为在我的求医史上前所未有，对一个非关系户、非名人要人，而且是未曾谋面的普通病人。

"谢谢，谢谢，谢谢！"我激动地重复这个词。于是，我放弃了"货比三家"的念头。

还没有轮到我，继续等待。

一位青年男医生朝我这边走来，略带微笑地对坐在我旁边的老头说：

"老伯，再下面就轮到您了，过10分钟，请您上一下厕所，排干净小便，到时我会叫您的。"说完后，他又进了检查室。

趁那老头上厕所之际，我轻轻地跟他女儿聊了起来。她爸是消化道有问题，听人介绍说这里检查好，她自己也比较过上海的其他几家PET/CT中心，最后选择这家。

"为什么？"我追问她。

"机器好。"停了一下，她又说："你看，环境、服务态度也真不错！"

我点点头。

"报纸上说，该中心的PET/CT创下了单机使用率全球最高的纪录。"看来，她比我考察得还要深入。

现在真是"口碑传播"的时代，品牌是靠自己做出来的。

我检查完了，医生说，"报告"下午3点钟由快递送到我家，如有疑问可来电咨询。

现在距离下午3点还有5个小时，度时如年啊！

这5个小时里，我做了两件事。

洗澡。

我躺在澡盆里，闭上眼睛，两只手交叉抚摸着一对乳房的遗址……我赤身站在浴室的鹅蛋形镜子前，端详了几秒钟，视线定格在自己的头发和牙齿。一头原生的乌发，亮亮的，不仅茂盛，而且找根白头发都不容易；一口土长的牙齿，齐齐的，一颗都没少，也一颗都没松。快奔60岁的女人，这两个标志性的零件还是那么的不需要维修。如此的体质，难道生命会出现休止？不信！

我听病友说，她们现在很害怕洗澡，害怕在浴室里对着镜子看自己一高一低的胸脯。有没有这种感觉，今天我特意来体会体会。

整理衣橱。

我有两大嗜好：买衣服和买书。两个大橱和 5 个抽屉都放满了我的衣服。打开大橱，回忆着当初买它们时的心情，想想以后它们对我还有使用价值吗？不知道。与其……还不如生前就把一些漂亮衣服作礼品送朋友。于是，我一一去了电话，请她们来取。

这个创意，来自于台湾的一位女作家。当她得知自己患了晚期癌症后，举办了一个生前告别会，把亲朋好友都请来，让原本要在追悼会上说的"好话"提前说，让自己的耳朵享受享受，挺幽默的。几年过去了，她活得好好的，还当上了电视台一个栏目的嘉宾。

我的 PET/CT 报告来了——严重"骨质疏松症"。不会威胁生命，属平安有事。

我妹妹高兴得拥抱着我。

一阵有惊无险！

又到了 3 个月一次的例行体检。X 线透视：肺部有问题。立马层层筛查。

心里没一点紧张是不可能的。睡觉又靠安眠药了。

最后结论：肺部有小结节，目前没有理由断定是恶性的。

遵医嘱：随访。

"随访"，犹如面对一个证据不足的可疑犯，既不能立即逮捕，又不能放任不管，于是监视他，跟踪他。一旦证据（包括确定的或排除的）确凿，从而决定逮捕他还是放弃他。

任何事物都可以有说法，"生"和"死"也不例外。革命烈士："生的伟大、死的光荣"。我对自己：活得积极、死得坦然。

风平浪静地过了半年，又起波澜了。

不慎摔跤，左腿脚外踝骨折。

我又不太能动了，又拄起拐杖。最让我伤心的是，从此要告别我心爱的高跟鞋，我那"挺拔"的身材，就此七折八扣了。女人怕丑！

得了这病，日子过得有点一惊一咋，特别是每次的例行检查，去拿报告单时，我的心情不能说没有一点紧张。

到了这把年龄，平时身体上这痛那痛的，本是正常事。可对我们这帮人来说，第一反应是"它"，神经特敏感，当然这也在常理之中。但我知道，老这样，"阶级斗争"这张弦绷得太紧了，这对身体也是一种压力。于是，我制定了一套应急减压"机制"，让"常理之中"的非常行为平静化。

比如，有一天早晨，我觉着喉咙痒痒的，随口一吐，是一口带着四分之三血的痰，条件反射到"它"后，我又冷静思索：或鼻炎，或上呼吸道感染，或用力过猛而造成的毛细血管出血等原因，都有可能造成这种现象，不必过度紧张。再回忆回忆自己，一般在感冒时，我多半会出现几天带血丝的痰。经过继续观察，果真是患上了感冒，于是"警报"解除。

又比如，腰酸背痛骨头痛，这本是更年期妇女的伴随症状。但对乳腺癌患者来说，却是第一号警觉令，因为它是乳腺癌的最可能转移处。所以，最好的排除法是拍片诊断，但这是不明智的。因为总不见得让自己经常处在射线的"关照"之下吧。

聪明的做法是：认真研究良性疼痛与恶性疼痛的区别，然后加以排除。我提纲挈领地抓住两条：一是疼痛的时间和频率，"良性"的一般是早上醒来时最痛，经过活动后症状就减轻，就缓解；而"恶性"的则是夜深人静时最痛，甚至会从梦中痛醒，疼痛是长期、不间断的。二是在疼痛处的叩击反应，"良性"的一般不像"恶性"的叩击后会加剧疼痛，反而较为舒服，两者正好相反。

有了这样的基本医学知识，一旦身上出现骨性疼痛，我就能自行分辨，自我排除，然后对症下药，消除病痛。

83岁的家父说我是：九九八十一难，最后修得正果！

是的，"路漫漫其修远兮"，"革命"尚未成功，"吾将上下而求索"。借句时尚话，我现在是：病且健康着，誓将健康进行到底！

毛泽东的军事理论中有一条"战略战术"，即"战略上藐视敌人，战术上重视敌人"，用在我的抗癌战争上很适宜，用咱老百姓的话来说：这病，不要太当回事，也不要太不当回事。我现在过日子，既要放松心情，又不能太"肆无忌惮"；张弛有度，平静为上。

很有意思的是，世界上有 4 位赫赫有名的"第一夫人"都患乳腺癌，美国和中国各占 50%。美国前总统福特的夫人贝蒂和另一位美国前总统里根的夫人南希；中国前国家主席刘少奇的夫人王光美和另一位中国国民党前主席蒋介石的夫人宋美龄。她们 4 人面对疾病都能泰然处之，居然都长寿。

当记者问及宋美龄如何看待自己患了乳腺癌，她说："上帝让我活着，我不敢轻易去死，上帝让我去死，我决不苟且活着。"

任何事物都可以有说法，"生"和"死"也不例外。

革命烈士是"生的伟大，死的光荣"。

我给自己的座右铭：活得积极，死得坦然。

人生无憾无憾！

六、咏梅，你好吗

——我的一位病友

"你一定要有信心，心态不好，再好的药也白搭。"

"我知道，有你指导，我就有救了。"

我将这 3 种药在咏梅身上的一些效果，
告诉了我所认识的有关医生，
恳切希望他们能否在临床上试一试。

2005年4月至10月，我整整当了半年的职业病人，转战在上海4所医院之间，过着"与疾病比邻而居"的医院生活。

病友间的交流，涂满了我医院生活的色彩。

有一位名叫"咏梅"的病友，她牢牢地刻进了我那五彩缤纷的记忆板中。

那是4月7日晚上10点左右，我坐着轮椅，手里拿着住院单，被推进医院的骨科病房。

这间病房只有3张病床，我是1床，咏梅是3床。

我进病房的那天，正好是咏梅手术的当天，她是因右腿股骨头部分坏死而做的骨科修补手术。

"哎哟，痛死我了！"她一叫，睡在她病床旁边长凳上的丈夫就立即起身，用手指摁一下她枕头边上的"镇痛泵"。

镇痛泵是什么东西？它是给手术后的病人镇痛用的。它的诞生，让所有的手术病人摆脱了手术麻醉期过后的万般痛苦。一般情况，它可以保持48小时的镇痛效果。但如果你因不够镇痛而不时地摁动镇痛泵的指示灯，那么镇痛的缓释速度就会加快。于是，原本的镇痛时间就会因此而缩短。

大约安静了近1个小时的咏梅，又叫痛了。随后她丈夫起身重复刚才的动作。一整夜，她和她丈夫就在干这事。这样本可以维持48小时的镇痛泵，到第二天早上，医生来查房时，镇痛药水已经提前用完了。接下来，她是靠服止痛片再折腾一天。

这样的情景，天哪，真让我害怕，我担心自己术后的忍痛力呀！

几天后，咏梅开始与我攀谈起来。

她和我同龄，属虎，来自浙江湖州的乡村。改革开放后，土地被征用了。她就带领丈夫、儿子、儿媳弃农投工，替人加工床上用品。

现在，她病了，躺在床上，却照样一五一十地对陪了她三天三夜的丈夫交代回去的任务；随后她又用手机遥控指挥家里的儿子和儿媳：这种布料该怎么裁剪；那张订单必须这样处理。看得出，她是4人中的董事长兼总经理，活脱脱一位社会主义新农村的农民家庭"企业家"。

咏梅的丈夫，长得很敦实，黑黑的脸，像个标准的庄稼汉；看上去也憨厚，不太善言语，是个老实巴交的人。可他照顾病中的妻子，却是粗中有细，一招一式还真有点章法。

一天中午，医院刚要开饭，咏梅的丈夫气喘吁吁地背着大包，手里拎着一只大饭锅进了病房。

"我掐好时间的，正好赶上你吃中饭。"他边说边放下东西，原来这大饭锅内是骨头汤。

他说，乡亲们告诉他，凡骨头有病的，多喝骨头汤，好得快。所以，他昨晚将骨头汤熬了一宿。一早，赶湖州到上海的头班车。为了不让锅中的汤水被长途车颠出来，他坐在车上是将大饭锅搁在大腿上，用双手抱在胸前的。

他将锅内的汤细心地盛到小碗里，嘴里并说"喝凉的荤汤不好，我得去膳食房加热。"当他端着汤，再回到咏梅的病床边，又可能感觉汤有点烫，然后"呼呼"地吹气，使它变得不太烫。接着，他把咏梅的病床稍稍摇高一点，又把垂向她嘴边的头发捋到耳朵后面。这时，他开始一勺一勺地将骨头汤喂到妻子的嘴里。

"我把汤上面的油，撇了，躺在床上不活动，油不能喝得太多。"他继续汇报着。

"这是对的。""领导"终于表态了。

一个女人，在病中能有这份享受，我和2床的唐老师，两个上海女人，看着：羡慕得有点嫉妒。

咏梅比我早出院。

她出院回浙江的那天，给我写了一张她家里的地址和手机号码。我一看，字很漂亮，不由得称赞一番。

她说，我的学历是初中尚未毕业，因为那时家里穷，只能承担一个人的学费，所以就让给弟弟去读书。而自己就从此与"上学"彻底绝缘了。嫁到夫家，就靠天靠地靠双手，打理农活、伺候公婆、盖房子、娶媳妇、办家庭企业，过着村里人有点羡慕的日子。

咏梅说的经历，不惊天，不动地，普普通通。但我心里泛起的是欣赏，欣赏被一个平凡女人撑起的一片能让家人遮风挡雨的天。

3个星期后，我转院疗养。

我和咏梅都在各自的床上遵守医嘱，绝对卧床120天。

大约卧床到2个月时的一天，咏梅给我来电，说她躺在床上用手摸到左侧乳房有一个小小的肿块，她很紧张，会是坏东西吗？我说，不要乱猜，好好养病。

此后两个星期，一直没有接到咏梅的电话。我有点不放心，就直接打电话给她。可是，没人接电话。我就纳闷了：她的腿是不能下地的，她去哪儿？于是，我早中晚一直打，终于打通了。

"咏梅呢？"

"她在医院，昨天刚动完手术。"她的丈夫接的电话。

"怎么又动手术了，什么病？"

"乳腺癌。"

"啊？！"我惊叫。

"医生说，还好，是早期，很小很小的，1厘米。我回来拿东西，马上就去医院。"她的丈夫一口气将病情全部告知了。

我心里很为咏梅担心，人都还没坐起来，又要挨一大刀。人不是砧板上的肉，哪能扛得住？

今夜无眠。

我想想咏梅，又想想自己。

我的这两只乳房也够折腾的：纤维瘤、小叶增生都光临过。不过，到了更年期，她好像安分多了。每年体检，乳房都健康。但今天咏梅的事，提醒了我，还是不能高枕无忧。

我躺在床上，开始自检，用手摸自己的两只乳房。

当我的左手在右侧乳房的外侧碰到一硬块时，我的心"砰砰"直跳。然后，我深呼吸，让自己安静一下，换一下右手去体会刚才的地方，心里想：但愿刚才是自己的神经质。可事实，却是千真万确地有一东西，还不小呢，好像超过2厘米了。

天哪，这是哪档子事？我遭谁惹谁了？

什么惹不惹的，咏梅不也摊上了吗？

是啊，凡事真的轮到自己，既来之，就不那么安之了。

着什么急呢，这东西姓"良"、姓"恶"还没准呢！

于是，我开始自语：

"你是谁？你什么时候来的？你是不是就是30年前的那位？如果不是，我怎么办？……"

一连串的问号，反反复复地陪伴了我一整夜。

后来的故事——

我转入专科医院手术，病理报告：HER-2强阳性乳腺癌，并腋下淋巴结转移。细胞分化2~3级（总共3级），属中低分化，是比较严重的一类。

事后才知道，我患的是一种最凶险的乳腺癌，而且根本不是早期。

屋漏还遭暴风雨，我怎么会如此的多灾多难啊！

命啊，命，你把我推到了悬崖边上了！

命运，让我和咏梅成了同患两种大病的"双料"病友，人间居然还真有这档子事。

我心里明白，是咏梅救了我。没有她的提醒，或许我……

我和她一起走在人生的悬崖边上，周围环境相当险恶，两个人不时地互相提醒，小心别掉下去。所以，我们必须是拼着命，赶快加速折返跑。

2006年农历的小年夜，我接到咏梅一个电话：

"潘老师，我胆囊炎发了，疼得要命。住了半个多月的医院，刚回家。"

"你现在好点了吗？"我关切地问。

"越来越疼，晚上疼得更厉害。我是爬在床上，用枕头顶着腹部睡的。"

"没有好，你为什么要出院呢？"我不解地问。

"快过春节了，医生叫我回家吃吃止痛片。"

"你老公在吗？叫他听电话。"我寻思不对，想从她的丈夫嘴里得到证实。

"咏梅是不是乳腺癌转移了？"我问她的丈夫。

"是"。

"你们是不是都瞒着她？"

"是"。

"是不是已经到了只有吃止痛片的地步了。"

"是"。

我无语，感到心口一阵堵。

放下电话，我下意识地会联想到自己，一阵寒战后，想的还是咏梅的病。

她的病情远远比我的轻，腋下淋巴结都没有转移，肿块也只有1厘米。再说，她是一个乳腺癌正规治疗的病人。认认真真地做了6个疗程的化疗，手术是上海三甲医院的专家在当地医院做的，治疗方案也是手术医生定的。怎么转移得这样快？太恐怖了！只有1年多的时间。突然，我想起医生曾说过，我的这类乳腺癌预后很差，"只有一两年"的判断。莫非咏梅患的与我同类型？当初，我让她把病理检查报告复印件寄给我，她回答找不到。所以，我就不能盲目地要求她也吃我的药。

咏梅是聪敏的。

她似乎感到自己不是胆囊炎，而是那个东西暴发了，转移了。年初三晚上，她终于鼓足勇气，在电话中告诉我她的判断，并说，明天一早，就派丈夫带着所有的检查资料来上海找我。我叮嘱，一定要带上病理检查报告。对症才能下药啊！

咏梅的丈夫来到了我家。

我一看病理检查报告：HER-2强阳性乳腺癌。果不其然，与我同类型。

"你们为什么不早点把病理检查报告找出来？"我带着责备，大声说。

"想想是早期嘛，只要化疗就行了。我们乡下人，不懂啊！"

突然觉得，我不该这样对他，他已经心如刀绞了。

"我一定要救她，哪怕是卖掉家财，跑断腿！"咏梅的丈夫眼眸里滚着泪珠，坚定地吐出这句话中的每一个字。

我的眼睛中，他是一位做得很到位的"陪痛"丈夫，所以，这男人说的话，我信！

我拿了3瓶药，叫他立即回去，给咏梅吃。有什么反应，马上与我联系。等春节长假一过，我就帮他联系上海的专家医生。

送走了咏梅的丈夫，我脑子里蹦出一个词：对照组。

从医学角度讲，我现在和咏梅成了一个对照。对照的结果是明摆的：我目前自己制定的治疗方案是对症的。要不然，我不会处在安全期，因为我的病情比咏梅厉害得多。

像我这种不能放化疗的 HER-2 强阳性乳腺癌患者，什么样的治疗方案才有效？这是个世界性的医学难题。所以，当今的医学着实没能给我满意的处方。

为了活命，我不得不独自苦苦地快速寻找我的空气、我的阳光、我的水分。

世界是平的，因为互联网。

互联网伟大：让我迅速站在巨人的肩膀上，"一览众山小"，雪片似的信息不断地刷新着我的思考；我立即跑步进入医学界，向另类医学的大师们求教，向各种各样的病友们求教。

我手握着国内外的诸多疗法，启动了独特的研究学问时逻辑求证的脑袋，操刀"拿来主义"＋自身的实情，捣鼓了1年多，搞了一个多手段的全方位的"潘氏治疗整合方案"。然后，心里时时地默念一个声音：我一定要赢！我一定能够赢！！

面对咏梅这个参照系，我自制的乳腺癌治疗方案，其可行性的检验，今天，终于有了一点点旁证。

我有点激动，更有点兴奋：一个处在深深的暗暗的隧道中的人，突然能依稀望见前方隧道口的亮光了！大步向前吧，前方就是光明道！

但我的这 3 种药，对咏梅是否有效？

我期待着。

第二天一早，我等不及咏梅来电，就主动去电问情况。

"昨天下半夜开始，腹部开始有松动，痛感减弱，我终于能仰卧了，舒服地睡了 4 小时。潘老师，谢谢你，我的救命恩人！"咏梅动情地说。

"客气什么，咱俩谁救谁啊！药，继续照我给的剂量服用，随时保持联系。"前半段的话是心里话，后半段的话是我煞有介事地在开"医嘱"，自我感觉还蛮像回事儿的。

"你一定要有信心，心态不好，再好的药也白搭。"倒不是我又想扮演心理咨询师，实在是因为"信念"是战胜疾病的第一良药。

"我知道，有你指导，我就有救了。"咏梅挺会说话的，不愧为在家里是当领导的。

一个星期后，咏梅饭量增加了，精神也好多了。她说，虽然也有痛的时候，但不至于用枕头顶着腹部了。

我安排好上海的专家医生，咏梅和丈夫来上海就诊了。

医生给咏梅做了全身状况的评估，结果让我大吃一惊：全身癌细胞广泛性转移，肝、肺、骨、盆腔等。

这种情况，没让咏梅全部知道。

此时，我的身在往下沉，汗在往外冒，心在往里痛：咏梅啊，你难道真的要掉下去了？！……

咏梅回家了。

我几乎天天与她通电话，让她能听到我给她的加油声。一个生命在支撑着另一个生命。那 3 种药，既然能改善症状，我就叫她照样吃。

我企盼出现奇迹！

我将这 3 种药在咏梅身上的一些效果，告诉了我所认识的有关医生，恳切希望他们能否在临床上试一试。

我将这3种药在咏梅身上的一些效果，告诉了我所认识的有关医生，恳切地希望他们能否在临床上也试试？

如果要等到像咏梅那样病入膏肓时再介入，这不就回天乏术了吗？

当然，这只是我的一种良好愿望。

1个多月后，咏梅又入院，就没再能回家。

她，归西了。

在那里，她再也不会饱受病痛了。

几天后，咏梅的丈夫来电，告诉我，他将咏梅的葬礼办得很体面，岳母家很满意。

我对他说：节哀，多保重。这也是咏梅所希望的。

在咏梅走后的第8个月，我突然接到咏梅丈夫的电话，他满怀欣喜地告诉我：他刚娶了新老伴，"她"还是你们上海的长兴岛人呢。

我听着，不知说啥好。

他当然是一个好人，可在这一刻，"新老伴"三字还是扎痛了我。我想，他再也不能入选我心中的"模范丈夫"了。他忘却得何其快也！

我不禁感叹人真复杂，男人真复杂。

我把咏梅和她丈夫的故事，分别告诉我的A和B两位朋友。

A朋友说：

这就是男人和女人的区别。男人是动物性的，这山头到那山头，只要起身一跳，就完成；而女人是植物性的，是扎根派，于是往往就难以自拔。

而B朋友却说：

这就是人的进步。与其日日为旧人放一双筷子，哀痛得自陷其中，不如与逝者相忘于生活——只要她还在时，尽己所能地善待她。有朝一日她去了，就应该尽量忘却那段充满绝望的日子，放下那一切，开始新生活。让逝者安息，让生者振奋！

A和B的观点，孰对？孰错？抑或都有道理？我的注意力不在此。

我所关心的是如何多一些机会，指导与我同类型的病友。

让类似咏梅的事例，发生得少一些，再少一些。

"济人病厄"，

我努力践行着佛学的"无畏布施"。

我总是时不时地想念咏梅，

梦里梦外。

咏梅，你好吗？

七、伴侣转身

——当『人』字的一撇抽去时

"人"字的一撇，不只有爱情，
还有更可贵的友情。
"人"字的一撇，永远抽不去！

寒风凛冽的1月，是上海最冷的月份。而2006年的1月，却是我一生中最冷，也是最暖的日子，我在体会一个"人"字……

在这之前的半年中，虽然医学之手在我身上划了三大刀，但始终没有降低我机体的御寒水平；然而，当情感之手在我身上划上第四刀时，我却感到阵阵的"透心凉"……

那天晚上的睡前，我们有这样一次对话：

"这样下去，我的时间都被你拖掉了。"他嘟囔着。

"我？拖了你的时间？"我本能地问道。

他没吱声。

"好吧，有话明天说吧。"这几年，我与枕头的缘分下降，睡前不能讨论，不然安眠药都没用。

几分钟后，我耳边响起了鼾声。可我却没了睡意，在这鼾声中品着他刚才那句话，辗转反侧是逃不掉了。

2005年的我是可以领世界"吉尼斯"奖的人，高频率地玩了一把"过一过二不过三"，也深深地体会到：人有时真的会这么倒霉。

"过一"是4月份，不慎摔跤，居然摔成"左腿股骨颈骨折"。那可是一种最严重的骨折，必须开刀，打钢钉内固定！必须绝对卧床120天！这种骨折，预后不乐观，不排除"股骨头坏死"的可能性！"股骨头坏死"目前被人们称为是一种"不死的癌症"！

"过二"是7月份，还没有度过"绝对卧床期"的我，突然发现右侧乳房有一个2厘米左右的肿块。

"是什么？癌？！"

我的心猛地一抽！不会吧，我哪会这么幸运。但医生还是建议立即手术。于是，我只得拖着病腿，笔直笔直地被120救护车转入专科医院手术。

术后确诊为"右乳浸润性导管癌"。又是一种"极品病"！几天后病理报告显示，病情已是中期，腋下淋巴结已有癌细胞转移，而且是属于"HER-2"强阳性乳腺癌! 事后才知道, 这是一种最严重的乳腺癌! 只占乳腺癌的 20%, 居然让我赶上了"二八定律"!

"过三"是 9 月份, 正当我准备出院回家休养的时候, 又发现我的左侧乳房情况不好, 于是又被推进手术室全切除。我就这样被"三下五除二"了。病床上的我, 唯有右腿还可自如动弹。突然间, 我具备了说这句话的资格:"钢铁是这样炼成的"。我只能这样苦笑着安慰自己。

术后的第一个逻辑反应是——"两个乳房都没了, 他会离开我吗?"而不是——"我得了绝症,完了!"面对"生死牌", 我的反应程序竟然会是这样?"人脑"没有出错, "程序"的解释是:这是我在情感上对他的依赖程度决定的。是的, 在情感上, 我一直将他视为"人"字的一撇, 我是一捺。

我实在睡不着了。我用左手伸进内衣, 摸着胸前已夷为"平地"的左右两道足有 7 寸多长的刀疤, 感到阵阵隐痛, 心痛? 显然有点自怜。我和他虽然不是"原装"的, 但毕竟生活了 10 多年, 现在一下子要撕开了, 痛啊! 特别是在当下, 我有点无助的时候。越是睡不着, 越是想翻身, 难道还要人家陪着你睡不着? 我只得起身到书房。

想想, 他还是很道德的。他并没有在我手术后的 6 天提出, 而是在我手术后的 6 个月才提出。仅凭这点, 我也应该感恩, 毕竟他陪我度过了最艰难的时刻。现在, 他想为自己考虑一点, 我为什么不能多给一点理解呢? 我不能要求他"毫不利己, 专门利人"。

我记得美国有一本畅销书, 书名是《生命的重建》。作者谈到:人的有些疾病是不宽容导致的。因此, 每当我们生病时, 就需要在心里默默地搜寻一下, 看看谁需要被宽恕……那个最难让你宽恕的人, 正是你最需要宽恕的人。宽恕意味着放弃、放手, 让他离开。宽恕意味着不再去做什么, 把整个事情丢弃就是了。

疾病告诉我, 应该同意他离开。

没有了他的日子, 我该怎么过? 想完别人, 想自己。规范的语言应该是:当"人"字的一撇要抽去的时候, 那一捺就应该坚强地挺住! 是啊, 我必须尽快扔掉手中的拐棍（骨折的病腿还没痊愈），更要扔掉心里的拐棍。

兵书上有一句话："心中无敌，无敌于天下。"作家沈善增也有一句话："我心不病，谁能病我。"我的一句话是："只要心里不生癌，就没有绝症之说！"

用了半个多月的时间，我们非常平静地办完了应该办的事。他走的前一天，我特意请他去饭店吃了一顿饭，谢谢他，送送他，并告诉他，我在他的皮大衣口袋里留了一张纸条。那纸条是这样的：

你终于走了。我原本一直想象：如果有一天，我是在你的护送下走完人生。这将很美很美！

终于超过了 10 年。咱们一路走得痛痛快快，风风雨雨，断断续续，续续断断。"剪不断"？ NO。

道一声：祝君生活幸福，情感幸福，身体更健康！

谢谢你为我的付出，弥足珍贵！

过了几天，钟点工小李告诉我，他走的时候对小李说，他要去外地办学，去赚钱给我治病。小李发出了一连串的赞扬声。我无言以对，不知道是想哭，还是想笑……

他走后的几天，我出过一些洋相。吃饭时，我会下意识地拿两双筷子、两只碗；到超市购物时，我会不由自主地拿一瓶"豆豉辣酱"，回到家里才发现"豆豉辣酱"的喜好者已不在了；睡觉时没了熟悉的鼾声，竟然不习惯；特别是身体不舒服的时候，心里会泛起一点点……

我清醒地意识到，必须迅速开展"治理整顿"，改善环境，内外兼治，很有章法地书写"人"字的那一捺。

于是，我把卧室的床调了方向，把家具重新定位，把收音机请到饭桌上。从此，屋内音乐声不绝于耳，尤其是在吃饭时。有时，我独自在屋内卡拉 OK 一下，得意地发现自己有关牧村的音色。

我编制了一套适合自己的从头到脚的运动操,在《军队进行曲》中活跃着身体的每一个细胞。

祖国的传统医学,讲究"药食同源"。我一头扎进了有关"文件"的学习,凭着读大学时"形式逻辑"全班考第一的分析头脑,我梳理出了1周7天早中晚的"食疗"方案,准备吃出一个健康来。

"病须书卷作良医",家里几千册的藏书,今天终于可以一一列入了我的读书计划。读书、写书、教书是我一道很亮丽的生命线。

他走以后,我的朋友们、他的朋友们一下子成了我"冬天里的一把火"。经常的情况是,我正在与A通电话,而B和C的呼叫等待声又响起了。然后:

老徐送来了冬虫夏草,送来了我最喜欢的黑鸭子演唱组的CD:一手抓物质,一手抓精神,两手都要硬啊!

玲玲和汪梦非要我换上她们特意给我买的"大豆蛋白复合纤维羊绒衫",盖上她们的柔软被:就是不让你冷;

小新带着她新婚的丈夫,破例在大年初一第一个来给我拜年:喜人喜糖,让你从此喜事连连;

满头银发的我儿子的奶奶,也就是我第一任丈夫的母亲,颤抖的手,捧着一只她拔了一天毛的红头鸭子,嘱咐我煲汤吃:长力气的;

霜霜横跨上海,为我拎来一袋袋正宗的泰国产的薏仁米,建议我掺在主食里:抗癌的;

小莉跑遍了整个城市的品牌胸罩店,为我度身定制了一对乳房:让你的"好身材"美誉回归;

楼老师把美国儿子孝敬她的Melatonin送给我,足足备了1年的量:睡好觉,就是最好的补药;

我腿脚不便,耄耋之年的名中医陆医生,主动上门为我号脉,并留下了他的热线:你是我的"VIP";

配中药的事,我的4位研究生争先恐后地抢着"承包":你是我们的导师,也是我们的妈妈;

Ingrid在温哥华买到了一种针对我这个病的药,UPS送药的同时,也送上了她真诚的祈祷:药到病除;

未曾谋面的石家庄肿瘤专家张大夫,将自己"四十年磨一剑"的药快递给我，分文不收：先治病；

日理万机的汪校长，每次来都这样"命令"：收下！"它"，在我这里只是符号的改变，而在你那里，却是生命的滋润；

难得休息一天的黄院长，却执意要亲自开车，让我去透透大自然的风，欣赏欣赏浦东的滨江大道；

"医院进了一台最新的检测仪器，来吧，我来评估一下你的身体状况。"刚从美国休斯敦医学院访问回来的于主任给我来电。他忙碌于中外医学界，可我的健康，一直在他的工作视野中。

……

浓浓的化不开的友情，让我脸上渐渐地泛起了红润，我沐浴着社会的大爱，我是幸福的。

原来，"人"字的一撇，不只有爱情，还有更可贵的友情。"人"字的一撇，永远抽不去！

我写完了这篇文章，转发给几个朋友看。有的说，看了想流泪，他们同情我；有的说，看得出你还爱着他；有的问我，你恨他吗？你梦见过他吗？你们还有联系吗？

说"不恨他"，这是假话。在他走后的 3 个月里，我还是非常非常地恨他，不接他的电话，不想听到他的声音和任何有关他的信息。尽管我不断地说服自己，要宽容，要理解，但却时有反复。有一段时间，当身体因情绪不佳而出现症状了，这时我终于明白了——必须彻底"放下"。宽容了别人，也就解放了自己。

疾病告诉我：在我的"字典"里，应该没有"抱怨"、"仇恨"，没有"愤怒"、"生气"等负面词语，而应该多的词语是"理解"、"宽容"、"感恩"、"多谢"等。从此以后，无论遇到什么情况，我都不会再抱怨任何人和事，包括他和我的这个病。

有一次，我与朋友在电话里聊天，得知他身体有点不适。放下电话后，我立刻去电慰问他，大家沟通得很礼仪。

我在梦里见过他，他毕竟是我曾经爱过、恨过的人。

2006 年的"五一"，是他离开我后的第一个长假。一般来说，节假日对独守空房的人，感觉会跟平时很不一样——"孤独"与"寂寞"不时地时隐时现。可我倒成了例外。

"五一"收到的第一个短信，出乎我意料——上海一家很有名的三甲医院的党委王书记发给我的：

亲爱的潘老师：

"五一"节快乐啊，要在长假里好好爱自己一下，深呼吸，放慢脚步，无论天气和生活怎样，让我们都在阳光里，记住：你永远有我的祝福。

我和她——王书记，原本是医患关系。而今天"医生"的一句祝福，成了我"患者"的一剂良药，我激动地将这一短信下载于我的笔记本电脑里，珍藏着。

我这 7 天的长假，在阳光里、在笑声中、在与朋友的觥筹交错间。

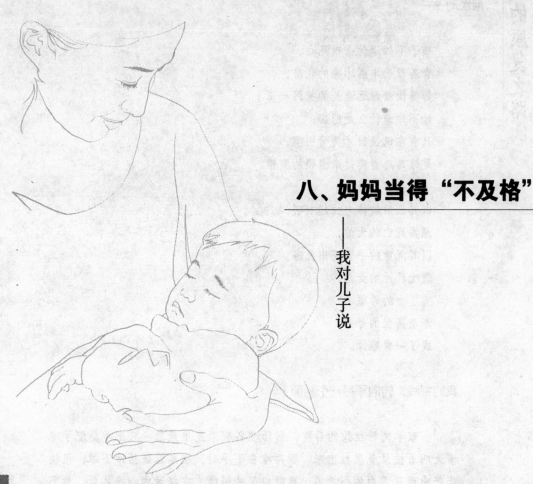

八、妈妈当得"不及格"

——我对儿子说

人生路上，什么时间该干什么，什么时间不该干什么，
其实是不能错位的。
可我们这一代，历史让我们大大地错位，
而我们又必须为这种"错位"付出沉重的代价。

惊世的"512 汶川大地震",让差点被边缘化的诗歌突然大放异彩,人们每读每感动。有一首题为《母亲的雕像》的诗歌,让我 N 次地心动、情动、泪水动——

孩子不知道什么叫死亡,

含着母亲丰满冰凉的乳房,

如畅饮着源远流长的黄河长江;

她不知道什么是悲伤,

只有在饥饿时才哭啼叫嚷,

是雏鸟总眷恋母亲温暖的胸膛。

一息尚存的母亲,

以其最后的体力拉起衣裳,

濒临死亡的大爱,

以其沉重的手臂亮出乳房。

吸吮乳汁的女儿,

有了生的希望;

渐渐离世的母亲,

成了一尊雕像。

我的视线,转向了另一个画面:

一家羊肉粉丝馆的后院,厨师准备宰杀笼里最后一只肥羊。肥羊凄惨大叫着被从笼里拉出来。厨师准备下手时,肥羊后腿猛地下蹲,很快生产出两只雪白的小羊羔。目瞪口呆的厨师,在经过内心挣扎后,放下屠刀说:好险啊,差点就一刀三命。闻风而来的人都嘘唏感动:这母羊真伟大,竟然在生死关头,挣扎着保护腹中小羊的命!

低级动物和高级动物一样,一样具有伟大的母亲精神!

这种毫无功利性的强烈的保护欲望,是母亲生命中最奇妙的本能。这些震撼人心的举动,一切皆因母爱。母爱超越所有的情感,注定了"伟大"即是其本能。

母亲的雕像和两只羊羔，让我的思绪倒回了 30 多年前……

1977 年 5 月 22 日晚上 10 点半，我那黄毛几簇，体重 3.7 千克，用大嗓门来报到的胖小子终于从我腹中窜出，乐得我忘记了三进三出产房的艰难与酸苦。

我没有大多数母亲分娩时的阵痛，我只感到腰酸绝顶，酸到吐苦水。

"当妈妈了"，一种血溶于水的母子关系，从此融入了我的生命、我的家。

我的家居住在上海典型的弄堂亭子间。亭子间的长乘宽足足有 9 平方米。一般的亭子间都是朝北的，可我的亭子间却是朝南的，而且东南方向各有一扇不小的窗，门朝北，所以使得这只"螺蛳壳"很阳光，并冬暖夏凉。这在 70 年代的中国，年轻人能拥有这样一间独立的婚房，就是"小康"了。如今，小康之家再添丁，让我着实感到："美！"

"美"的日子，只让我过了不到 10 天。

我们突然发现出生才过 1 周多的儿子，有点烦躁，食欲不佳，并伴有低热。于是，他爸就赶紧抱着儿子去医院就诊。

我独自在家，度时如年。

可焦急地等回来的只是丈夫一个人。

"儿子住院了，他臀部的皮肤感染了，长了一个小脓疱，需要开刀引流。医生说，大约 2 周左右可以出院。"

"啊？开刀？这么小的孩子？"我心疼得大哭。"那他睡在哪里？我们能不能陪他？"

"不能陪。他睡在暖箱里，有医生照顾，你放心吧。"丈夫宽慰我，因为坐月子是不能哭的。

这天，夜，特别长。

我的乳房胀得难受，必须不停地起身，用奶吸吸奶，促进乳腺正常分泌。这是儿子的粮食，我得好好将"粮库"保管好，等儿子出院，保证有高质量的粮食让他享用。

儿子2周出院的倒计时还剩4天。

那天，我发现丈夫从医院回来的脸色不对劲，反复询问后才得知，医生发现儿子的肾脏有问题，情况还很复杂，初步诊断为：由先天性马蹄肾而引起的"肾盂积水"，必须切掉一只坏死的肾，才能保住性命。但现在孩子太小，经不住大手术，所以得分两步进行。先做个小手术，插管引流，将积水排出，才能保住另一只肾。然后把插着引流管的儿子接回家，疗养1个月后，再住院，实施大手术。

丈夫还说，医生认为儿子要经历大手术，不适合母乳喂养了，你把奶回掉吧。

我目瞪，我口呆！
这是在讲别人，还是在说儿子？
我听完：居然一动也不动。
我的头、心、双手、双脚，整个人从上到下都凉了——
因为天塌了！

我和丈夫都哭了。
"我们上辈子作了什么孽啊 ?!"
无人回答。
"老天爷，您对我怎么都行，只要放了我的儿子！我求您了！"
没有回复。

坐什么月子？
我得去医院看儿子。

医生破例让我在非探视时间进病房看儿子。
儿子躺在他的"屋子"里。
当我走近暖箱时，他睁开双眼迎接我，我噙着微笑的泪水，与他对视。

好多天不见了，他好像长大了些。两只眼睛：一只大些，双眼皮；一只小些，单眼皮。儿子真会做人，爸爸妈妈各遗传一只。眼睛、鼻子、嘴巴组合在一起，还挺招人的，难怪护士小姐们都很喜欢他，经常会给他很多特殊的待遇。

"你儿子真漂亮，很乖的，胃口很大。你放心吧，不要来了，回去好好养身体，以后有得你操劳了。"护士长看见我脸色不好，走路也不稳，劝我赶快回家。

我发现自己走路像脚踩棉花似的，而且脚跟很痛。

为了儿子，我必须回家养好身体。

7月中旬，儿子回家了。

医嘱：引流管的伤口处每天要用酒精棉球消毒，并贴上消毒纱布，千万不能感染；每日早晚各服 0.125 克的 SMZ 消炎片，捣碎后，和着水吞服，小心呛到气管；尽量让他多吃点牛奶，长得强壮些；特别是这根引流管，无论如何不能让它滑脱，否则，他又要吃苦头了，要到医院重新插上的。

显然，我们必须一丝不苟地承担起"特级护理"的职责，才能让儿子少受些苦难。

婆婆把我们 3 人接到了她 16 平方米的家。婆婆曾经当过托儿所所长，护理婴儿有经验。

时值大热天，那时的中国人，家里都没有空调。为了儿子，我们费了很大的劲，才凑足了购买 1 台 12 寸台扇的资金。

儿子的右腹部，插了一根引流管，很难用平常的姿势抱他。所以，医生不主张我们多抱他。

最艰难的是每天 3 次在儿子睡的小床里帮他洗澡，必须 3 个人一起分工合作：一人将他托起，两人小心翼翼地将他整个身体分段洗：动作既要轻，又要麻利，特别是要巧妙地避开他右腹部的伤口处；更换温度合适的清水，既要迅速，又要稳当，不能外溢在他的小床上。

人生路上，什么时间该干什么，什么时间不该干什么，其实是不能错位的。可我们这一代，历史让我们大大地错位，而我们又必须为这种"错位"付出沉重的代价。

这个出生才两个月不到的婴儿，却已经让他经历了两次"无影灯"下的刀光针影。每当想到他还要再见一次更大的"刀光针影"时，我仿佛被置于刺尖上的肉，一片一片地削薄，一滴一滴地淌血，我似乎陷入了一个无法逃脱的炼狱。

看着儿子吃苦，我有"入炼狱"的感受，因为我是他的母亲。

经受了身体劫难后的儿子，一定会更健康。有这样坚定的信念，也因为我是他的母亲。

人，不会一直倒霉的！

阳光总在风雨后。

孩子出生100天，也是一个庆祝日。一般爸爸妈妈都会特意为孩子照一张"百日照"。我们也要给儿子过这个节日。他爸向人借了一只135照相机，认认真真地给儿子照了一组特殊的"百日照"——尽管儿子是躺着的，但他笑得很灿烂。

这100天来，我们都不会笑了。

今天，儿子笑了，一切都笑了。

当儿子体重增加到5.5千克的时候，他再次入院。医生经过对儿子的体检，各项指标很满意，随后就安排手术。

术前医生找家属谈话。

手术风险如何如何大，这么小的孩子完全有可能下不了手术台。即便手术成功，还要艰难地过感染关，一只肾脏的排毒能力只有50%，云云……一大箩筐的恐怖语言，顿时让我跌进冰窟。

"这个孩子，以后跑医院，就像跑外婆家，麻烦大着呢！我们可以给你们开个证明，再养一个吧！"医生说得如此轻松，当然他也是一片好心。有医院证明，就不违反当时"只生一个"的计划生育国策了。

我边摇头边擦泪，眼眶里始终是湿漉漉的一片混沌……

儿子手术很成功。

他住了1个月的医院,白天是丈夫和婆婆轮流陪着,而我上班,下班后我再到医院替换他们,陪夜。

那个时候的医院,不像现在,家属陪夜可以向医院租用躺椅睡觉,而是每个病床只配备一只板凳,这一只板凳是无法睡觉的。我只能和衣爬在儿子的婴儿病床边,打个瞌睡而已。就这样,我陪了30天的夜。

这期间,发生了一件事,让我30年都忘不了。

儿子的病房有3张病床,靠窗的并排有两张,儿子住的是窗的右边。

有一天,窗左边的病床新进了一位男婴儿,出生5个多月,他和我儿子患的是同一种病。来自农村,具体哪个地方我已经忘了,但我清楚地记得,他的床头卡上的名字,叫"殷军"。

可怜的"殷军"面色蜡黄,看上去脸很小,而五官就显得特别大了。他比我儿子大两个多月,体重却比我儿子轻。但他很乖,不怎么哭,只是用呆呆的眼神,在向他能环顾的空间发问:我属于这个世界吗?

几天后,殷军动了手术,还输了好几袋血,而且一直高烧不退。

"你这孩子,腹部已严重感染,肾功能也不好,就医太晚了,情况不乐观,你们要做好准备。"医生查房时对陪在旁边的孩子母亲说。

母亲听了,一声不吭,同样是那呆呆的眼神。她也许在说,我们农村人不懂呀;或者是说,我们没钱看病呀;也可能说,已经看了很多地方了,都查不出到底是什么病呀;抑或,事到如今,什么都不想说了……

有天傍晚6点钟左右,我拿出一包从单位食堂买来的包子,递了两只给殷军的母亲,她不肯拿,说吃不下。随后,又不说话了,一直呆呆地看着病床上瘦得掉了形的儿子。

我的心,一阵酸楚:同是天涯沦落人!

晚上 11 点钟，中晚班护士交接班查房时发现：殷军脸色发青，呼吸很弱，脉搏不好，情况危急，马上呼叫医生抢救，但陪着的母亲却不在。

我也不知道，那位母亲是什么时候离开的，大概我刚才迷糊了一阵。

大约抢救了三刻钟，一块大白布盖上这个小小的"生命"。

我双手立即紧紧地抓住儿子病床的床栏杆，紧紧地，紧紧地，好似抓住儿子的手。"孩子，快握紧妈妈的手，妈妈带着你向前走。"我的心在呼唤！

我当时在心里默默地做出一个决定：我必须去做绝育手术，我对儿子不存二心，他就一定是我的！

次日早上，护士告诉我，殷军的母亲昨晚偷人家东西，被人送到了派出所。刚才派出所来电话，核实她的身份。

"她不陪儿子，而去做小偷？不可思议。"小护士不解地说。

没有不可思议，作为母亲的我——理解：她为了救儿子。

"她是小偷，还是一位伟大的母亲？"

我们举起的左手是不能随意撼动的"法律"；我们举起的右手是遮蔽不了的"母爱"。在她无法逃脱法律的无情之时，拜托各位：不要再冷漠地称她为"小偷"。

儿子终于出院了。

整个医疗费用，让我瞠目！

我和丈夫是同一个企业单位的。那时的医疗体制，家属可享受半"劳保"，即有一半的医疗费用单位可以报销，而另一半则是自负的。

"单位"发扬了革命人道主义的精神，把我们自负部分的费用先给垫上了，以后每月从我们 72 元（我和丈夫都是那个时代的标志性工资：36 元）的工资里扣 10 元，总共要扣 163 个月。也就是说，等到儿子 14 岁时，我们才能还清这笔相当于现在水平近 24 万元的债务。

能让我无息贷款，解决燃眉之急，我实在心存感激！

我是幸运的。

因为我是"单位人"。单位不会让"无产阶级的革命接班人"在走投无路时，沦为"小偷"的。

计划经济年代，很多供给都是按人头计划的。

我们三口之家是小户，小户的鱼、蛋、肉、糖、粮，甚至香烟、火柴、肥皂等都是最小量的，这当然是非常公平的。但我碰到的"不公平"的是儿子术后需要大量的营养，而"最小量"的供给是远远不够的，比如牛奶和鸡蛋。

先说牛奶。牛奶是那时的短缺产品，所以它必须被计划为只有两类人可以享用：婴儿和有医生证明单的病人。儿子既属前者，又属后者。因此，牛奶的需求量是满足了，可双倍的费用，让我的经济又紧了一层。

再说鸡蛋。小户的鸡蛋量是每月 1 斤。1 斤蛋有 10 只，只够儿子 10 天的量，每月缺口 2 斤。怎么办？买计划外的高价蛋，我实在囊中羞涩。

我动起了不增加费用负担又保障供给的脑筋——用香烟票换鸡蛋，反正丈夫不抽烟。"石油换大米"，与农村烟民资源互换，各得其所，这算得上是：计划经济中的市场行为。而这种"市场行为"在当时是违法的，也违反中国共产党党员的纪律。所以，我是提心吊胆、偷偷摸摸干的，心虚得很，有点犯罪感，但又实在迫于无奈。

每次党员组织生活，当要求党员进行"斗私批修"的时候，我心怦怦跳，几次想主动坦白交代自己那"违法乱纪"的事，可为了儿子的鸡蛋，终究没有勇气"自我揭发"。

为了给儿子最好的营养，我们夫妇节衣缩食，但每月的经济还是捉襟见肘，相当拮据。我再次想到了做绝育手术。理由一，是实现我曾在儿子病床前许下的愿；理由二，我绝育以后，儿子就是标准的独生子女了，可以提前 3 年享受每月 5 元的"独生子女费"。而当时的政策是：孩子必须满 4 周岁，除非夫妇已有一人绝育。

每月 5 元的"独生子女费"，1 年就是 60 元，3 年就是 180 元。这个数目，对解决巨大的债务，虽然杯水车薪，但分摊在每个月中，着实能解决一些实际问题。

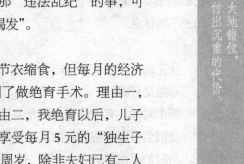

人生路上，什么时间该干什么，什么时间不该干什么，其实是不能错位的。可我们这一代，历史让我们大大地错位，而我们又必须为这种"错位"付出沉重的代价。

"一箭"能"双雕"的事，我绝对应该做！

我做通了丈夫的思想工作，开始打听哪种绝育手术最不痛。

报纸上报道了上海有一家大医院，开始试行一种"无痛无切口不流血"的药物绝育方法，是将药物直接打入输卵管，使其结痂堵塞，达到绝育的目的。我看了很高兴，居然能让我心想事成。

医院妇科门诊手术室的候诊室。

"你们谁先做？"护士手里拿着一张名单，对着我们5位准备做新式绝育手术的女士。

没有人回答。

"我"。既然来了，后做还不如先做，我起身跟护士进了手术室。

手术做完了。真的无痛，我准备回家休息。

怎么回家？叫出租车，还是坐公交车？前者要花5元钱，后者只要5分钱。当然是坐公交车回家。

一到家，我就感到肚子不舒服，腿一软，下身一股热流涌了出来。

"血，流血了！"带着体温的血，顺着裤腿一直流到脚跟。"不是说不出血的吗？"

我心里有点紧张，那时的家中都没有电话，无法与医院联系。我先让自己镇静镇静，而后一想，估计是刚才坐公交车颠簸所致的。我处理干净后，马上平躺休息。

我完成了一件我想干的事。

心里是舒服的。

那个时代，有一件事，既光荣又能赚钱，就是"献血"。

我报名参加单位的献血。

当时的献血待遇是：献血200毫升，获营养费18元，公休3天。报名人的名字是用大红纸贴在单位大门口的墙上，凡进出的人都能看到，真是光荣得鲜艳。

"医生，我身体很好，我能多献100毫升吗？"

在给我手臂静脉处消毒的医生，停下她的动作，抬头看看我，我朝她自信地微笑着。随后，我看见她将储血的袋子换了一只，我知道她同意了。

我拿着一张写有300毫升献血量的卡，先去指定的窗口领取献血费：27元整。相当于我1个月的工资啊！然后，去休息室领取一杯热牛奶、两块蛋糕。我刚要走，发食品的同志就叫住我，"等等，你还有一包饼干。"

献完血，大家都在休息室里吃营养。突然，有人问，你怎么比我们多一包饼干？

"医生一不小心多抽了我100毫升血。"我一语予以搪塞。

这包饼干，蛮高级的，隔着塑料袋都能闻到阵阵香味。这么好的东西，带回去，给儿子吃。

我参加了单位3次光荣献血，每次都如法炮制我的小技巧。

1977年高考制度恢复，我如久旱的禾苗逢甘露！

作为"老三届"的我，如果考上全日制大学，当时的政策是：带薪读书，但没有奖金等其他福利。我的家庭经济是不允许我"没有奖金"等福利的。而如果读函授大学，因为是全业余的，家庭经济不受任何影响。

我没有选择地选择了这条路。

1978年春季，我考取了华东师范大学中文专业本科函授班，学制5年。

走在这条路上的我，成了五栖人物：白天是一所技校的校长，并兼任政治课和语文课的教师；每周3个晚上是社会上一所业余学校的语文兼课老师；剩下的时间，除了当一名函授大学的学生外，肩上还有每天必须承担的两个角色：妻子和母亲。

这条路，很挤；这条路，很累。

我实在没有足够的时间陪伴儿子，看看儿子的身体也没大碍，于是我就用兼课换来的钱，将3岁的儿子送了近两年的全托。

我终于倒在了讲台上。

同学们立即把我送进了医院抢救。医生诊断：急性阑尾炎并穿孔。急诊开刀，住院。

那年，我33岁。有人说，三十三，乱刀宰。

我印验了？！

当我履历表的"学历"一栏中，能填上"大学"时，我进了一所成人高校，当起了一名大学教师。

在高校当教师，"函授大学"毕业的学历身份，我感到很有压力。于是，不得不别夫抛雏，去广州暨南大学读研究生课程。

儿子正在读小学三年级，是最需要妈妈的时候，我却不在他身边。

广州回来后，我以发表的3篇论文和5万字的高校教材的编写等材料，评上了高校讲师，并成为该校公共关系教研室主任。我开始拼命地著书立说，向着通往"教授"的大道上，快马加鞭！

人生路上，什么时间该干什么，什么时间不该干什么，其实是不能错位的。可我们这一代，历史让我们大大地错位，而我们又必须为这种"错位"付出沉重的代价。

那个时期，上海四川北路上一弄堂里的亭子间窗户，总有一盏灯是通宵亮着的。

那盏灯下，有一位伏案疾书的女人。

那个女人将"蝴蝶牌"缝纫机的台面当桌子，桌面上除了书、稿子、笔、台灯，还有"鸡仔饼"、浓茶或浓咖啡，冬天的时候，还会多一瓶"五加皮"。

一般到凌晨，4点左右，弄堂里"乒乒乓乓"的奶瓶撞击声响了，送奶人推着牛奶车送奶来了。这个时候，那个女人会"迷糊"2小时。然后，6点钟准时给家人弄早饭、洗衣服等，加入邻居们忙碌的上班进行曲中。

那个女人就是我。

党的阳光照耀到我家了。

学校分给我二室一厅的新公房，我们终于搬出了居住了 13 年的 9 平方米 "鸟巢"，并有了一间朝思暮想的书房。80 年代末的高校教师，这样的住房条件令好多人羡慕啊！

正当举家庆祝：既无外债，又无内债的时候，暴风雨来了！

我班上的一名女学生出现在我的家庭里。

从此，家里 "地震" 不断，所有的 "美好" 都被埋进了瓦砾堆里。

终于有一天，我和他都扛不住了，"家" 就顺势彻底倒塌了。

而后，情感重组。另一个家的主角是：他和她。

这一路下来，让才 40 岁的我，从此就患上了心脏病。比我得心脏病更严重的是：16 岁的儿子，身心不得不再次遭遇伤害。

这是 "命" 吧，我只得承受。

人啊，人！

……

2008 年 7 月的一天，奔 60 岁的我与 31 岁的儿子，促膝深谈。

母子俩人，一页一页地翻着我们的历史……

"妈妈把你带到这个世界上，既没给你健全的身体，也没给你完整的家庭，妈妈当得不及格。儿子，妈对不起你。" 怀着愧疚，我对儿子说。

"这也不能全怪你" 儿子说。

"起码，没给你完整的家庭，妈是有责任的。妈当时为什么不能为了你，而委屈点自己呢？这个世界上，有多少母亲，是为了孩子而不离婚的！可你妈妈做不到。这就是妈妈的自私。妈妈真的没当好'母亲'的角色。妈妈今天向你忏悔！可往日不可追啊！"

儿子递了杯水给我，示意我别说了。

"妈，你这一生也不容易。现在我只有一个希望:你好好活着。"

"是的，妈一定好好活着！"

这是我和儿子的约定。

人生路上，什么时间该干什么，什么时间不该干什么，其实是不能错位的。可我们这一代，历史让我们大大地错位，而我们又必须为这种"错位"付出沉重的代价。

“深秋了，脚趾露在外面，太冷，血脉不和，不利于骨折的愈合。这是我刚在超市买的毛巾，你叫阿姨把脚趾包上。”

九、友情

——康复的一味良药

我的康复治疗方案中有一味良药是“友情”。

英国剑桥大学的专家曾做过一个实验：把人们分成两组，一组有动物为伴，另一组则没有。结果，在长达 10 个月的时间里，前一组出现的健康问题比后一组少 50%。

有一位叫鲍里斯的科学家更为明确地提出：医院里应该摆设玻璃鱼缸，以安抚病人的不安情绪。为了证明这一点，他花了半年的时间让一些自闭症儿童和意志消沉的成年人养一些宠物狗。经过观察，狗的存在对病人是大有好处的。它不仅加强了病人和医生的沟通，缓解了病人的紧张情绪，而且治愈率要比其他方法高出 30% 左右。

我的康复治疗方案中有一味良药是"友情"。最近，我终于找到了这味"药"的理论依据：现代医学已经将"朋友"引入医学上的治疗方法，成为辅助治疗的一味良药。

美国乔治·华盛顿大学医学中心的卡尔·维斯医生做过友情治疗作用的相关研究，对 90 名乳腺癌中期患者进行了 7 年的跟踪调查。他发现，友情能够让患者产生安全感，使体内的与压力相关的激素水平大大减低，免疫功能得到改善，从而提高了乳腺癌患者的存活率。

卡尔·维斯医生还发现，乳腺癌患者的康复与朋友的数量成正比，朋友多于 6 人的患者，7 年内的存活率会提高 60%。反之，如果在 7 年内没有朋友相处，那么死亡率和复发率在 60% 左右。

我高兴地呼喊："卡尔·维斯医生，万岁！"我现在的朋友数是 6 的 N 倍，根据卡尔·维斯医生的这个理论，我的"存活率"应该是大大地提高了。

所以，我应该衷心感谢的是我周围所有的朋友，是你们给了我新的生命！

说说我的一位朋友——徐老师吧。

徐老师，他是一位"教而优则商"的大学教师。他曾经主持过上海一家颇有名气的投资咨询公司。

早在 10 年前，我们就认识了，但联系并不多。

两年前，当他得知我的种种境况后，就进入了我核心朋友的内圈了。

2006年10月底的一天傍晚，我在家突然被滑滑的地板重重地摔倒，我爬到电话机旁："徐老师，我又摔倒了，站不起来了……"

"你别动，我马上过来，送你去医院！"这是徐老师的说话风格：简洁、清晰，稍带点命令式。

后来我才知道，徐老师在驱车来我家的路上，已经布置了两项工作：通知在上海西区工作的未婚妻小玲迅速往东北角的我家赶来；电话联系骨科医生，咨询可能出现的问题，特别是我的老毛病——股骨颈。当过老总的人，做事就是这么有条有理。

他们俩陪我去医院急诊，挂号、付费、拍片，医生诊断：左腿脚踝骨折。上天保佑，原来的股骨颈处没有大碍。

回到家，已经晚上8点了。

小玲下厨房，煮水饺，我们三人饥肠辘辘。

"你这样的情况，不能下地，你原来的两小时钟点工解决不了问题。"徐老师又开始布局了。他经过1个小时的调兵遣将，终于将我的24小时保姆落实好，这时他才和小玲放心地回了家。

第二天早上8点半左右，徐老师来了。

"深秋了，脚趾露在外面，太冷，血脉不和，不利于骨折的愈合。这是我刚在超市买的毛巾，你叫阿姨把脚趾包上。"徐老师边说，边放下两条毛巾、一袋苹果和几本我喜欢看的书。"你自己小心点，别忘了换药！有事打电话给我。"他开完"医嘱"，就走了。

我打开袋中的苹果，才发现里面有一只厚厚的信封，信封上有8个字"保姆费用，不许退回"。

我手捧着这个信封，它有温度——一位铮铮铁汉的柔柔友情！

这就是徐老师。在你最需要帮助的时候，他就出现了。

骨折后，我又不能出门了。这可忙坏了我的那些朋友们：小玲送来一大袋进口橙子，她要我多吃点，多补充维生素C，骨折就愈合得快；汪梦去医院用了一上午的时间，为的是帮我配一种治疗骨关节的膏药；阿敏说，这是潘老师最喜欢吃的面包，我得帮她送去；小莉得知我要去医院换药，马上送来一辆崭新的轮椅车；还有佳佳，忙里抽空地把一大箱山东产的优质五谷杂

粮送来了，"我知道你就喜欢这种主食"。

朋友们让我的冰箱，始终是满满的……

按照常规，像我这样的骨折，医生说要4周才能下地活动，可我居然两周就可以下地活动了。恢复得如此快，医生都奇怪了。可我不奇怪，因为我有徐老师们的"友情"良药。

我的康复治疗方案中有一味良药是"友情"。

十、疾病与爱情

———人间故事

爱情的"体检"报告：既坚固又脆弱。
伟大的爱情必须在疾病面前过招。
爱情只有转化为亲情才可能持久吗？
转化为亲情的爱情，
犹如化入杯中的冰块——
它还是冰块吗？

德国古典文学中仅次于歌德的第二座丰碑是席勒，他有一部《阴谋与爱情》的名著，书名让美好的爱情与丑恶的阴谋成了并列句。于是，誓将爱情进行到底的人们认为，这不是对神圣爱情的玷污吗？

自从我得了大病后，自觉不自觉地收集了一些有关"疾病与爱情"的真实故事，故事中的爱，让我们肃然起敬，更让我们痛彻心扉！

爱情在疾病面前过招！

什么是"爱情"？

据说有一天，柏拉图问老师苏格拉底什么是爱情。老师就让他先到麦田里去，摘一棵全麦田里最大最金黄的麦穗来。期间只能摘一次，并且只可向前走，不能回头。

柏拉图于是按照老师说的去做了。结果他两手空空地走出了田地。老师问他为什么摘不到？他说：因为只能摘一次，又不能走回头路。期间即使见到最大最金黄的，因为不知前面是否有更好的，所以没有摘；走到前面时，又发觉总不及之前见到的好，原来最大最金黄的麦穗早已错过了，于是我什么也没摘到。

老师说：这就是爱情！

什么是"婚姻"？

之后又有一天，柏拉图问他的老师什么是婚姻。他的老师就叫他先到树林里，砍下一棵全树林最大最茂盛、最适合放在家作圣诞树的树。期间同样只能砍一次，以及同样只可以向前走，不能回头。

柏拉图于是照着老师说的去做了。这次，他带了一棵普普通通，不是很茂盛，亦不算太差的树回来。老师问他，怎么带这棵普普通通的树回来，他说："有了上一次经验，当我走到大半路程还两手空空时，看到这棵树也不太差，便砍下来，免得错过了后，最后又什么也带不出来。"

老师说：这就是婚姻！

世界上最神圣的感情是爱情。当爱情修成正果步入婚姻殿堂的时候，人们却很怕爱情会丢失，于是就有了各种各样的誓言。

《圣经》中，神对男人和女人说：你们要共进早餐，但不要在同一碗中分享；你们共享欢乐，但不要在同一杯中啜饮。像一张琴上的两根弦，你们是分开的也是分不开的；像一座神殿的两根柱子，你们是独立的也是不能独立的。

伊斯兰教："我诚实地发誓，终生做你顺从、忠实的妻子。""我诚实地发誓，做你忠实、有益的丈夫。"

俄罗斯的东正教："我，克雷格，愿意娶你，奥利维亚做我的妻子。我发誓爱你、尊敬你，忠实于你，不离不弃，直到我生命的最后一刻。帮助我吧，上帝，以圣父圣子圣灵的名义。"

传统的中国人："我们在天誓作比翼鸟，在地愿成连理枝。"而今天中国的新新人类们学着教堂婚礼的仪式："无论是贫穷还是富有，疾病还是健康，我们将永远生死相依！"……之所以需要如此的信誓旦旦，因为爱情既坚固又脆弱。但誓言是誓言，现实是现实。"誓言"和"现实"之间往往会演绎出很多很多故事。

1. 10年自言自语的情话

一对平凡的中年夫妻。男人粗糙、暴烈，动不动就会对女人大吼大叫。女人懦弱讷言，辛苦勤劳地操持着整个家。女人偶尔将菜烧淡了，男人会抓一把盐丢进碗里，然后将这碗菜倒掉；两人好好地去逛街，可没有一次是高高兴兴地双双回来的。

女人是突然病倒的，抢救后，命是保住了，却成了植物人。躺在床上，不说话，目光很空洞。

男人觉得不习惯，他找不着袜子，随口喊女人的名字，才看到她躺在床上，愣愣地望着他；菜吃了一口，咸得发苦，筷子"啪"地拍在桌子上，却看到她木然瞪着天花板，面无表情；他不知道洗衣机该开哪个按钮，稍一分神，水溢得到处都是……

男人的心，一瓣一瓣地碎了。那个被女人撑得丰润圆满的天空，就这样和女人一起倒了。

男人注视着眼前这个面容憔悴、发丝散乱的女人，这是他最亲爱的人啊，可是他从不宠她一次。他把女人的头抱在自己怀里，用下巴轻轻蹭着女人的面颊，大颗大颗的泪落在女人的脸上。

他去单位办了内退手续，一心在家精心伺奉女人，尽管他原本是那么的粗线条。他开始天天对女人说肉麻的情话。虽然，那通常是自言自语，但是他相信，床上的女人是听得懂的。

这样的生活过了10年，他终于累得病倒了，而且得的是大病。他坐在女人的床头，一遍遍地说："丫头，我要是不行了，你怎么办？"男人的脸上，老泪纵横。

男人经过治疗，慢慢地在康复。他依然坐在女人的床头，一边给女人梳理头发一边说："我就知道，我会走在你后面。"

故事中的男人今年60岁，叫林才旺。女人59岁，叫张云萍。

我祝福这对林张夫妇：继续在绵绵的情话中过好平静的日子，并祈祷奇迹发生。

打开窗户吧，让外面明媚的阳光温暖你们的小屋。

2. 垫脚之爱

秋天的一个傍晚，广场上坐着聊天的人们。

这时，从广场对面的医院里走出一对老年夫妇。那老妇人的一条腿僵硬，每走一步，那条僵硬的腿就吃力地向前移一点儿，几乎是擦着地面前行。而老汉则很耐心地搀扶着她，一步一步地挪着。看得出，他们是从乡下来城里看病的农村人。奇怪的是，现在又不是三九寒天，老汉怎么穿着这双很大很厚而且很脏的棉靴？

他们来到一座天桥下，开始上天桥。

就在那老妇人将那条僵硬的腿向上一抬之间，那老汉将一只脚伸到了台阶上，让那老妇人踩上去。这样，那很高的台阶立即有了一个缓冲的"小台阶"。

老妇人每上一个台阶，那老汉就伸腿为她垫一次，每一次都是那么准确到位。老妇人每踩一次，那老汉的腮帮子就要鼓一下，显然那老妇人的体重，老汉承受得还是蛮吃力的。

那老汉为什么要穿这很大很厚的棉靴?

我们都已经明白了。

我深深地祝福那对老夫妇:一路走好!

3. 卖房卖肾为哪般?

故事发生在广东。

一个冬天的夜晚,在一条小巷子,23岁的阿华看见一个年轻的女孩拎着包在打手机,他冲过去一把夺过手机就跑,女孩在后面大叫"抢劫"。没跑多远,他就被巡警抓住。

"他是我男朋友,我们在闹着玩。"没想到女孩居然会这样跟巡警说。

阿华感动了。从此,他们俩开始了频繁的交往。

女孩,慢慢地在影响他;他也在慢慢地接受她的影响……终于有一天,女孩答应了阿华的求爱。

天有不测风云,女孩在上班时晕倒了,经医院检查,患的是尿毒症。医生说,最好的办法是换肾,整个费用要48万元。

获悉这一消息后,阿华第一个想法就是卖掉自己的房子。可是,房子只值16万元。于是,阿华又开始到处向亲戚、朋友借款。最后,能卖的卖,能借的借,治疗费用还差10多万元。这时,阿华决定卖自己的肾!

一些亲友说:"你们还不是夫妻,这样做值得吗?"

阿华说:"她改变了我的人生,没有她,我还在街头做小混混。我不能放弃她。"

我一直认为:夫妻间有一种爱,是被融入深深的感恩成分的,这种爱叫"恩爱"。我相信,经过这场生死考验的恋人永远是恩恩爱爱的!

4. "爸爸"的爱

这是医院的外科病房。

子夜时分,小美从昏迷中醒来,浑身软软的,脑子里一片空白,她不知道自己睡了多久，也不知道怎么会躺在医院。她努力想动，就是动不起来。趴在她床边的男人被异样的声音惊醒，抬起头，撕心大叫："大夫，大夫，她醒了，她醒了……"

小美睁大了眼睛，看清楚了这个男人：面容憔悴、两鬓泛白。"爸爸！"小美轻轻地叫了声。男人先是一愣，然后猛地紧紧抱住了小美，哽咽着"你终于醒了，你昏迷了4年了……"泪水落在小美的脸上。

后来，小美从爸爸那里知道了关于她的故事：她原来是银行的出纳，有着爱她的父母，还有一个很爱他的男友。正在婚礼的前1个月，银行发生抢劫，小美与歹徒搏斗时头部受重伤。经医生抢救，小美性命是保住了，但却再也没有醒来。小美的母亲因此受了很大的刺激，在一次从医院返家的路上遭车祸，离开了人间。4年来，是爸爸倾其所有极力帮助治疗，日夜护理小美。

小美出院后，爸爸日复一日地教她如何生活，如何认字。小美恢复得很快，1年半后，她进了夜校学习。此时的小美，已经完全是个正常人了。

小美开始恋爱了。

一天，小美带男友回家。男友真诚地对小美爸爸说，希望能永远和小美在一起，以后就由他来照顾他们父女。这时，小美发现了爸爸脸上的泪。

在结婚的前一天，小美发现爸爸不见了，只留下了一封信：

小美：

相信你此刻的心情一定很高兴吧，因为你终于可以披上婚纱，幸福地过一生，爸爸由衷地祝福你。曾几何时，我也有过和你一样幸福的时刻，可惜是那样的短暂。

你以后一定要好好照顾自己，不要去想以前的事情了。只要你过得开心、幸福，就是我此生最大的快乐。我已经去了别的地方，我在你身边只会给你增加负担，我不想这样。你丈夫是个好男人，我相信他能给你幸福。不要找我，我会在远方给你祝福的。

曾经深爱你的爸爸志勇

"志勇"？小美依稀记起，志勇是她相恋了几年的男友。恢复记忆后，小美回到了自己原来居住的家，推开房门，迎面看见了自己和志勇的结婚照，照片里的志勇年轻英俊，对着她笑。天哪，总算看明白了，原来4年的艰辛竟然可以将容颜苍老数十年。小美的泪是涌出来的，而且无法止住……

所有的结局都已经写好，所有的泪水都已经启程。很多时候，选择离开不是不想爱，也不是不敢爱。怕只怕，有时候爱也是一种伤害。有人选择了伤害别人；也有人却往往选择了伤害自己。

我面对故事中的"爸爸"，只有一句话：如此的真好男人，堪称中国情圣！有人不相信世界上有这样的"志勇"们，可他们却实实在在地存在于人间。

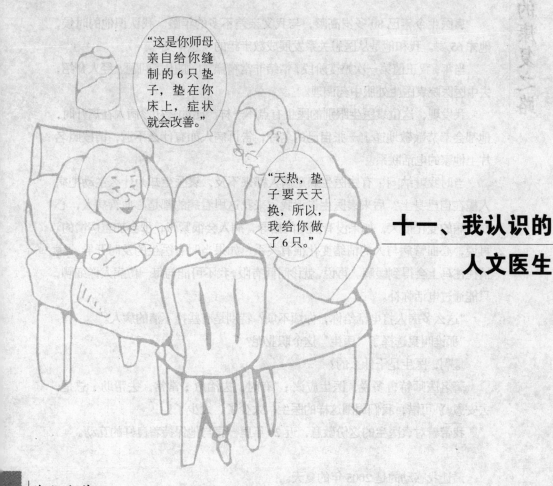

十一、我认识的
人文医生

我们期待：
身边的人文医生，
多一点，
再多一点。

1. 忘年交：袁医生

袁医生今年已 80 多岁高龄，与我父亲差不多的年龄。我认识他的时候，他才 65 岁。我和他是从医患关系发展成数十年的"忘年交"。

当年，我正值第一次婚变阶段，情绪非常糟糕，心脏出了问题。经人介绍，去中医医院袁医生处服中药调理。

我发现，这位袁医生跟别的医生有点不一样。比如，初诊病人在离开时，他都会恭恭敬敬地递上一张自己的名片，告诉病人如有什么不适，请按照名片上他家的电话联系。

当时我就纳闷：有些医生躲避病人都来不及，袁医生却为什么主动把病人揽在自己身上？后来袁医生告诉我：来我这里看病的都是心血管病人，心血管病的变化很大，如果没有医生的指导，病人会很紧张，那会加重病情的。再说，心血管病与人的情绪变化很有关系，如果当时有医生的及时开导，病情往往马上会得到缓解。再说，就诊时间有限，我不可能与每一位病人详细聊，只能通过电话弥补。

"这么多病人打电话给你，你烦不烦？特别是有些拎不清的病人。"

"那谁叫我选择了'医生'这个职业呢？"

是啊，医生是干什么的？

著名医师特鲁多说，医生应该："有时，去治愈；常常，去帮助；总是，去安慰。"可惜，我们周围这样的医生，太少了，太少了！

我带着对袁医生的这份敬意，近 20 年里一直与他保持着良好的互动。

最让我感动的是 2005 年的夏天。

那时，我住在一所民办的地段医院疗养股骨颈骨折。我已经卧床了两个多月，因为不能翻身，身体血液循环不好，我的背部和臀部都有不同程度的红块，而且痛感在加剧。

袁医生在电话中知道了这一情况，一边安慰我，一边说他和师母会安排时间来看我的。

炎天暑月，骄阳当头。

那天上午 10 点钟左右，袁医生和师母带着两个大包，来到了我的病床边。

"这是你师母亲自给你缝制的六只垫子，垫在你床上，症状就会改善。"袁医生边说边打开另一只包，"这是凤尾鱼、红烧牛肉、四鲜烤麸，你这里没有冰箱，所以给你买的都是罐头食品，不增加营养是养不好骨头的。"

师母退休前是上海一所三甲医院的护士长，她用很职业化的动作，立马将3只垫子平平整整地铺在了我的身下，我随即就感到很舒服。

"天热，垫子要天天换，所以，我给你做了6只。"师母对我说。

我拉着这一对耄耋老人的手，泪水淌在脸上……

事后，病房里的护工问我，他们是你什么人？

对呀，他们是我什么人？

他们是我看病的医生？是我的朋友？

我的回答是：我是他们的病人，他们给了我白衣天使的爱，给了我父辈般的爱。

2. 未曾谋面的一对好医生

在我的康复路上，有一对我未曾谋面的好医生一直陪伴着我。严格意义上，我并不是他们的病人，我和他们的认识过程很简单。

2005年4月9日，我股骨颈骨折已经两天了。躺在病床上，正在做一个重大决策：是换人工关节，还是打钢钉内固定？这个决策的正确与否，将关系到我后半生的生活质量。而当时医生给我的考虑时间只有一天。对于一个骨科医学知识为零的我来说，要迅速正确地做出决定，太难了。

正在我一筹莫展的时候，我有一位朋友的朋友来病房看我，她马上为我排忧解难，说她有一位朋友，患的是与我同样的病，虽然年龄比我大，但她的治疗方案还是选择了"打钢钉内固定"，已经5年了，非常好。于是，她就把她朋友的电话号码给了我。最后，还告诉我，她那位朋友本身就是一名医生，是一所卫生学校的校长，她姓楼。

　　我太高兴了，我一直认为患了病的医生，对这疾病的指导可能更接近真理。但我又有点担心：一般来说，医生的架子都很大，很讨厌病人将电话打到家里来的；而且我又不是她的病人，我们之间根本不认识。她会理我吗？

　　我怀着忐忑不安的心情接通了楼校长的电话。

　　没有想到的是，这位楼校长对我这个"朋友的朋友的朋友"非常非常地热情，花了将近半个小时的时间，一边回答我许多很幼稚的问题，帮我扫盲；一边帮我分析自己的病情与治疗方案，让我茅塞顿开。

　　放下电话，我情不自禁地说："又让我碰到了一位好医生！"

　　我躺在病床上，回忆着楼校长的音容，想象着楼校长的笑貌，突然感到：自己悬了两天的心，放下了。那天晚上，我睡得很沉。

　　以后的日子，我与楼校长一直保持着热线联系，楼校长还是一如既往地在电话中给我许多的康复指导。

　　6月下旬的一天，我给楼校长打了电话：

　　"楼校长，我昨天晚上摸到自己的右边乳房有一个肿块……"

　　"多大？推得动吗？硬度怎样？"楼校长没等我说完，就赶紧问了几个判断的指标。随后，她马上叫在旁边的丈夫来接电话，继续询问。

　　原来楼校长的先生是一位外科医生，肿瘤专家。退休前是上海浦东一家二甲医院的院长，他姓胡。

　　胡院长凭着他多年的医学经验，在电话里告诫我，最好立即手术，不能等到股骨颈骨折痊愈后，否则后患无穷。

　　我听从了他们两位的教导，1周后就转院准备手术。

　　从此，我就被胡院长和楼校长夫妇关在心里，他俩嘘寒问暖的声音陪伴我走完"一刀又一刀"的路程。

　　人与人之间的交往，往往很有戏剧性。有的人，相互之间待了很久很久，除了"没感觉"，就是"陌生"；而有的人，尽管接触并不多，甚至是"未曾谋面"，只不过是互相间的声波传递，也会感到很投缘。为何？因为人与人之间的交往会产生频谱，频谱相同，沟通自然畅通无阻。

　　半年后，我出院了。我接到的第一封信是胡院长和楼校长夫妇写来的：

潘教授：

您好！终于可以顺利回家休养了！说真的，半年来，您的病一直牵动着我们的心，一波三折，不是一般人可以承受的。从医多年的我们，十分佩服您的意志与毅力！相信您一定能战胜疾病，健康长寿！

大病之后，一直放不下的工作也只能放下了。希望您能坦然以对，做到恬淡虚无，超然物外。因为过去的 30 年中您已经做得够多、够好了，成绩卓著，足以自慰！反过来说，人总是渺小的，在地球上有些许痕迹就行了，您同意我们的观点吗？

等腿伤好了，出去看看大好河山，对康复是大有裨益的。

病理分级不是绝对的（因为我告诉他们，我的病理分级为 2~3 级，属中期偏晚一些），人的精神状态却是决定因素。

您良好的心理素质不是常人所能企及的，我们对您有充足的信心，您一定能成功！

祝

早日康复！

信是楼校长执笔的，楼校长的字真漂亮，在我眼前，就像一页优秀的硬笔书法，看了很舒服。医生能写这一手好字的人，并不多。人如其字啊！

后来，我能走路了。我一心想去拜见这对未曾谋面的好医生。可是，他们不同意。最后，我拗不过他俩，还是让楼校长花了一天的时间，特意从浦东赶来虹口看我。

1 年多了，咱们是只闻其声不见其人。今天终于能见到楼校长了，我很激动，双眼湿润，一下扑到她的肩上，半晌，我无语。

"恢复得不错，不错！"楼校长拍着我的肩膀高兴地说。接着，她拿出了几瓶进口药送给我，这是养骨头的药，那是帮助睡眠的药，一一嘱咐我怎么服药。原来，这些都是她在美国的儿子孝敬母亲的。但楼校长说，你现在急需，你先用。

2007 年的春节，我又接到胡院长和楼校长寄来的贺年卡：

> 人似飞鸿常有信，
> 事如春梦了无痕。
> 祝您在新年里，
> 健康快乐！
> 永远年轻！

贺年卡的语言，很美很美，而他们俩的心灵更美！

我一直珍藏着这对好医生给我的所有信件，它们也是我康复治疗中的良药。

3. 于医生：偶然和必然

于医生，也是我得了大病后，认识的另一位好医生。

和于医生的交往，印证了一个哲学命题：偶然和必然。

认识于医生，很偶然；两年中，我们交往得如此深入，又是偶然中的必然。

那是 2005 年的岁末，也是我乳腺癌手术后的半年。上海的一家很有名的三甲医院请我去聊聊关于开展医院公关培训的问题。

接待我的是该医院的宣传科汪科长，在等待培训科科长的间歇，汪科长与我聊起了我的治疗方案。当她得知，我是自己在研究制订方案的，而且还用了许多饮食疗法、营养疗法后，当即表示，她要把我推荐给一位于医生，说我的治病理念与那位医生提倡的"自然疗法"很吻合。我当然非常高兴：终于可以找到"导师"了。

如果那天培训科科长不迟到，如果汪科长跟我聊的不是这个话题，那么，我也就很可能失去了认识于医生的机会。所以，我说，认识于医生纯属偶然。谢谢培训科科长的迟到，谢谢汪科长的慧眼。

与于医生见面是春节后的第一个上班日的下午一点半。

那天下着雨。家人怕路滑，不安全，由我妹妹陪着我。因为我的腿未痊愈，还拄着拐杖呢。

事先，我对这次见面做了认真的"备课"，准备了三套材料：一是我为自己制定的整个治疗方案（论点）；二是制定这个方案的理由（论据）；三是支持这个方案的许多文献资料（权威佐证）。我好像有点"论文答辩"的感觉，希望自己能一次通过。

一路上，我在想象这个"于医生"：年龄嘛，60岁左右（在中国，有成就的医生差不多都要熬到这个年龄）；头发少许花白（有学问人的标志之一）；戴着一副斯文的眼镜（知识分子嘛）；说话呢，很有逻辑性的（医生的职业需要运用逻辑思维）等等。

我最担心的是这个"于医生"，不要像其他医生那样：面对我的"论文"，除了微笑，还是微笑，不反对不支持，让我失去了"答辩"的机会。而我希望今天这个"于医生"，不要行"弃权票"了，哪怕是指责我，你这是错的！那我今天也就收获颇丰了。

学生总是希望老师能批改一下自己的作业。

在医院的贵宾室。

站在我面前的于医生是：黑黑的平头，军人的身材，一副眼镜后面透着炯炯有神的双眼，年龄嘛，像是40岁左右。哇！我猜错了。随即一想，今天肯定有戏。为什么？我也说不清楚，只是"第六感觉"。

一阵寒暄之后，我与于医生分别坐在面对面的沙发上，在于医生很职业的微笑下，我开始了我的叙述……我仿佛一下子又回到了久违的三尺讲台，我也很职业地注视着他的眼神。他的眼神告诉我，他对我讲的内容很感兴趣。于是，我讲得更得意，几乎忘记了自己今天是学生。但于医生并不在意我的"老嘎嘎"，他不插话，只是频频点头。

"不好意思，我讲得太多了，请您指点！"我突然意识到自己的身份，歉意地说。

大约5秒钟后，于医生说："你让我们医生汗颜。作为患者，你思考得这么深、这么全。我在美国也看到这样的病人，但他们本身都是医生。"

得到专家的首肯，我嘴巴上说"不好意思，不好意思"，但心里乐滋滋的。

接下来，于医生开始批改作业。

"你的方案，总的思路是对的：在源头上截住疾病，而不是消极地等待'结果'的爆发。但你还是要加大自己抗氧化的能力，焕发自身机体的'自愈力'，也就是 healing power of nature。"

"我理解您说的'自愈力'，是不是平时我们说的自己身体里的'正气'？"我问。

"对，正气内存，邪不可干！"

于医生又从自然医学的角度指出了由于男女的生理结构的不同，提高"自愈力"必须先进行排毒，排除或化解体内致癌因素的重要性。

他说以"肺癌"为例。男女两性在淋巴结结构上的先天不同，才是导致女性肺癌发病速度高于男性的深层次的解剖学原因。每个人与生俱来就有强大的解、排毒系统，淋巴系统就是其中重要的系统之一。乳腺、甲状腺、肺等器官的排毒主要靠淋巴。女性的淋巴结多呈圆形或卵圆形的，个头比较小；男性的淋巴结呈带状和节段状，个头也比较大。相比之下，男性淋巴系统的排毒功能要高于女性。因此在同样的条件下，女性患肺癌的比例会高于男性（有资料显示，若男女同等吸烟，女性的肺癌发病率将是男性的 1.5 倍）。与女性乳腺癌发病率提高同步，必然伴随着女性肺癌、甲状腺癌等患者的增多，因为这些器官的排毒系统是同一套的。

我不断地点头，示意我听懂了。

"于医生，您看我这方面如何再加强一些？"

"你还应该多吃具有排毒功能的食品如青椒、白萝卜、甜菜等，此外要特别注意运动，尤其是上半身的运动，因为肌肉运动是增强淋巴引流的最好方法。"

"请您指导一下，我饮食荤素搭配的最佳比例？"我拼命地抓住这一机会，不断咨询。

"荤素搭配的最佳比例是 2：8，这是一种最'合乎自然'的配比。我们知道，人体最佳的内环境是弱碱性的，从食物功能上来说，几乎所有的蔬菜水果都是碱性食品，而所有的肉类都是酸性食品，这就告诉我们要多素少荤。另外，你看我们的牙齿，食肉动物的犬齿在人类已经退化且数量只有 4 颗，占牙齿总数的 20% 左右。这其中就有一个自然传达出来的信息，告诉我们荤素的合理比例应该在 2∶8 左右。肉食吃得太多，会加重体内脏器的负担，让人体酸碱度失衡。要知道，几乎所有的癌细胞都只能在酸性环境中生存。"

于医生理论联系实际的教导，说得我心服口服。

时钟已是三点半，整整两堂课的时间，该"下课"了。

这时，于医生提议与我合影，我欣然应允。

外面雨停了。

走出医院的大门，我感到一身轻松，突然听见妹妹说："你怎么不用拐杖了？"

是啊，怎么听完于医生的课，连腿也好了？！

回到家里，我给于医生发了条短信，表示感谢。

于医生回复："不要客气，医生历来是从病人身上学习并获得经验的。所以，要感谢的是我。"

"医生历来是从病人身上学习的"，有这样思维的医生一定是位好医生。

交往多了，我发现于医生和我有惊人的相似点。比如，教育背景多元：他是集西医学、中医学、自然医学、MBA 等多学科于一身的；我是融中文学、管理学、公关学、策划学等众学科为一体的。工作经历多样：他干过神经内科医生、医院院长、健康咨询公司老总等多种职务；我也有过教师、校长、总策划等多种头衔。还有我们俩都属"虎"，虎气相投，只不过，我大他一轮。

当然，最大的不同是：他是我的医生，我是他的工作对象——病人。但于医生说，最好的医生其实是和病人一起作战的。所以，我们经常一起作战。

我们交流的话题越来越广泛：医学的、教育的、哲学的、宗教的、管理经营的，甚至还会谈一些颇为时髦的宏观话题，比如，全球视角下的中国医改问题、新背景下中医的发展机遇问题等等。交谈中有不少碰撞，但更多的是"英雄"所见略同。这就是偶然中的"必然"。

　　那次在上海市妇联的女性讲座中，我拽上于医生一起演讲，他的一套"男人与女人"的观点，赢得了场下女人们的一片喝彩。

　　今天，当我想写写于医生的时候，脑子里跳出的就是这个哲学命题：偶然和必然。

十二、饮食治病治十分

——食物是最好的医药

"大毒治病，十去其六，常毒治病，十去其七，小毒治病，十去其八，无毒治病，十去其九，"

"谷肉果蔬，食养尽之。"

"病"可以从口入，
"病"也可以从口出。
药食同源——吃对食物，
病就可以从"口"出。

（一）药食同源，先吃食物后吃药或不吃药

好友小琴来电，满是疑惑地向我叙述她老公在上海的一次治病经过。

小琴的老公是个高鼻子蓝眼睛的美国人，一位生物学博士，在纽约一所大学当教师，他和小琴结合后，也受聘于上海两所大学的兼职教授。于是，夫妇俩就"纽约"、"上海"轮回住。

上周她老公感冒发烧，体温高达 39℃，但他坚持不上医院，也不吃小琴给他买来的退烧药、感冒药和抗生素药，急得小琴对着老公直吼：

"你再不吃药，会烧坏脑细胞的！"

可她老公却给自己开出这样一张处方：

（1）柠檬汁 1 000 毫升 / 天；

（2）天然维生素 C 片 500 毫克 / 次，2 次 / 天；

（3）天然松果菊片 1 粒 / 次，3 次 / 天；

（4）生嚼洋葱，2 只 / 天；

（5）燕麦鸡蛋粥；

（6）全休 3 天。

就这样一张没有任何"药"的处方，竟然让她老公一天一天地痊愈了，小琴惊呼读不懂。病愈后的老公很得意地给小琴上了一课，教育她应该如何读懂身体的信号。

比如最常见的感冒"发烧"，这个信号是人体免疫系统对侵入的病毒细菌或滞留在体内的毒素发起战争的信号。这时你应该抓住这一机会，帮助免疫细胞快速清除体内的有害物质，支持身体完成"发烧"的过程，因为这是人体难得的一次"大扫除"。而这张"处方"中的食物就能起到这个作用。

就那处方中的"柠檬汁"为例，柠檬含有丰富的维生素 C，具有抗菌、提高免疫力的功效。感冒初期喝柠檬汁，可以减轻流鼻涕，祛痰也强，感冒也就好得快，而且还开胃生津。这样的"不药而愈"，为什么不用呢？

小琴并不接受其老公对她的"再教育"，强词夺理地对我说，咱们中国人对待感冒"发烧"历来是服退烧药降温、服抗生素药消炎，哪有生吃洋葱来治感冒的？中国人跟外国人就是不一样。

我不同意她的说法。中国的老祖宗也不同意她的说法。

中国最早的医书《黄帝内经》说："大毒治病，十去其六，常毒治病，十去其七，小毒治病，十去其八，无毒治病，十去其九，谷肉果蔬，食养尽之。"这不就明明白白地告诉大家：饮食治病治十分嘛。看来，现在中国人对老祖宗的话有些健忘了。

中国传统医学的理论中还有一条原理，叫"药食同源"，也就是说，许多食物，它既是食品，同时也是药品。如果用它来治病，绝无药物的毒副作用。小琴她老公那张"处方"中的"洋葱"就是最好的说明。

"洋葱"姓"洋"，它的祖籍在国外，并被外国人誉为"菜中皇后"。

"洋葱"是一种大众蔬菜，人们知道它有多种药用功能，除了降压降脂降糖的"三降"功能外，还有抗感染、抗癌、抗衰老的"三抗"功能。感冒期间吃洋葱，就是发挥它的抗感染功能。

洋葱的辛辣味，有时让人讨厌，但就是这种讨厌的"辛辣味"，它却能帮你杀死感冒细菌和病毒。当然必须是生嚼，才能淋漓尽致地显现洋葱的抗菌功劳。所以，小琴她老公将"生嚼洋葱"作为他治疗感冒的"君药"，不无道理。

一位中医外科医生曾对我说，洋葱对治疗发炎的伤口有惊人的效果。把两个大洋葱捣成糊状，放在杯中或碗中，将伤口用洋葱气味熏10分钟，疼痛即止，伤口愈合加快。

有一篇报道，标题为《枕边放洋葱治失眠》，具体方法很简单易行：取洋葱适量，洗净、捣烂，置于小瓶内，盖好。睡前打开盖，闻其气味，10分钟即可入睡。我试过几次，果然屡试不爽。"洋葱"竟能替代安眠药，让我兴奋得立即告诉那些痛苦度黑夜的朋友，结果并非"百发百中"。那些顽固失眠者，收效甚微，甚至无效。洋葱治失眠是因人而异的。

我还看到过一则故事，在20世纪60年代，一位法国人的一匹爱马患了血管栓塞症，病情严重。兽医用遍各种药物，均无效果。后来这匹马因为偷吃了存放在马厩里的洋葱，竟然奇迹般的活了下来，栓塞的血管居然通了。这件奇事一经报道，立即吸引了医学专家的目光——洋葱有溶化血栓的功能。

近年来，中国营养学专家极力推荐"洋葱"为心血管病人之必需。但问题是洋葱不宜久煮。洋葱中的许多有效成分多属于油脂性挥发液体，若长时间烹调，这些成分就挥发了，剩下的只有纤维了。

看来，要发挥食物的医药效果，我们可不能由着自己的兴趣喜好随意烹饪。

比如"芹菜"，也具有消炎、降压、镇静、健胃利尿等作用，但炒熟后的芹菜，这些药用价值大大地下降。原因是芹菜含有多种维生素，其中维生素 P 和丰富的钾加温后，就易丢失。许多聪明的主妇，"芹菜"在她们的餐桌上，不是生吃就是凉拌，而且是连叶带茎一起嚼食的。

"病从口入"，是我在当小学生时学到的一条知识。50 年后的今天，当我大病一场后，除了反省这"病"是如何"口入"的，更多的思考是祛病也应该从"口入"的问题。我认为这是一种有利无弊的自然疗法，何乐而不为呢？

我最得意之作是我用食疗的方法治好了我的脾胃虚寒症。

那是我一次病毒性感冒的经历。先是从典型的上呼吸道感染开始，随后转入肠道感染。自觉症状是隐隐腹痛、大便溏泻、舌苔发白、胃口差。吃了 3 天黄连素，也用了两个星期的"益生菌"来改善肠道的菌群失调问题，效果不明显。我又服了中药的经典方"理中汤"，症状减轻了，但老有反复，一直持续了 1 个多月，体重减轻了 3 000 克。心理负担很重，怕"癌"在作怪。经检查，否定了。

这时候，我知道自己是当初攻击病毒性感冒时用药太猛，中医称伤"阳"过盛而导致的脾胃虚寒症，这是需要慢慢调理的。于是，我想到了试一试饮食疗法。

我停了所有的药，让肠胃休息休息。又马上看了许多食疗的书，经过仔细推敲，我开出了针对自己症状的食疗方"八宝粥"：

血糯米＋薏仁米＋山药＋白扁豆＋板栗＋生姜＋红枣＋百合＝八宝粥

这"八宝粥"中的每一"宝"，我都有充分的选择理由。

"血糯米"，糯米是米中之王，而血糯米又是糯米之佳品。脾是后天之本，气血生化之源，以"血糯米"补脾养胃，调和气血，胜过一般的白大米。

"薏仁米"，以它的营养丰富得到"嘉禾"之美称。它有健脾利湿的药用功效。用它的目的：一来是对症下药，解决我"舌苔发白"的湿邪症状；二来又可以抗癌。

"山药"，可益气养阴，滋补脾肺，特别是它具有补而不滞、不热不燥的优点，很适合我的脾虚症。另外，它的收敛作用，有助于改善大便溏薄的症状。

"白扁豆"，中医认为它入脾胃二经，具有补脾止泻、解暑化湿之功能。扁豆还可以刺激体内淋巴细胞转化为杀瘤细胞，有抗癌的功效，我当然绝对要用之。

"板栗"，属于坚果类食品，营养特点是它的碳水化合物含量高。我选它的理由：一是来源于一张治疗脾胃虚弱、食少腹泻的食疗验方"栗子山药姜枣粥"；二是我的喜好，喜欢吃板栗，当时正值冬春交替之际，超市里还有速冻的板栗卖，这就让我很高兴。

"生姜"和"红枣"，在"中国药膳学"里它俩是绝配。生姜含挥发油、姜辣素、氨基酸，能驱寒解毒、促进消化、增进食欲；红枣能补脾生津液，又养血安神，维生素 C 含量也高。两者在"八宝粥"中的作用是一阳（驱寒）一平（养血安神），相得益彰。

"百合"，用它的目的是润肺清热。有人说，你不是脾胃虚寒吗，怎么还要"清热"呢？我当时除了脾胃虚寒，还有喉咙干、红的症状。用中医的术语是"中焦寒，上焦热"，所以，"寒者热之（用生姜），热者寒之（用百合）"。这样的思路，是不是符合中医的"辨证施药"？我是在学习中。

"八宝粥"里要放糖吗？绝对不能放！

白砂糖是危险食品。医学专家指出，因为精制而成的白砂糖不含纤维素，所以糖分会如洪水般涌入血液，这样会使血糖值急剧增高，使白细胞的工作效率快速下降，身体的免疫系统就无法和"入侵者"战斗了。

"八宝粥"淡而无味，怎么办？那就和一点点腐乳，这可是一个不二的搭配。

病，可以从口入。
病，也可以从口出。
药食同源——吃对食物，
病就可以从"口"出。

腐乳与豆豉以及其他豆制品一样，都是营养学家所大力推崇的健康食品。腐乳的英文名是"大豆奶酪"，腐乳就是中国的"素奶酪"。

腐乳的优点是：由于制作过程中经过了霉菌的发酵，使蛋白质的消化吸收率更高，维生素含量更丰富。又因为微生物分解了豆类中的植酸，使得大豆中原本吸收率很低的铁、锌等矿物质更容易被人体吸收。所以，有些贫血的患者，医生会要求他吃点腐乳。还有一些素食者，营养学专家会告诫他：常吃腐乳。

但腐乳的缺点也是明显的：盐分太高。所以，我只能"一点点"而已。

煮"八宝粥"有学问。

"血糯米、薏仁米、白扁豆"，这三样要先行动。把它们洗净后，用净水浸两小时，让它们充分膨胀，然后再煮。煮到半熟时放板栗、生姜、红枣；煮到八成熟时再放山药和百合，直至炖成"你中有我、我中有你"那种黏糊糊状。如果八样食物一股脑儿一齐煮，那就会成"隔生粥"——"你我分明"，烂的太烂，生的太生，很难享用。

我服用了自制的"八宝粥"，3天后，症状大大改善，继续1周，症状基本消失。我高兴地告诉许多朋友，让他们分享我的"饮食治病治十分"的体会。

古人云："五谷为养，五果为助，五畜为益，五菜为充，气味合而服之，以养精益气。"我理解这段话，一是说每类食物对人体有不同的生理作用：五谷是养命的，五果是帮助消化的，五畜是起补益作用的，五菜是充实身体的；二是说各类食物要"混吃"，才能互补，才能够"养精益气"。

少林寺果林老和尚，现年103岁，仙风道骨。精神矍铄，声如洪钟，健步如飞，貌似60开外。有人求长寿之道，师父说："每日一碗十谷健康粥。"

在以后的日子里，我的主食是多谷杂粮饭，至于其中的具体内容是根据自己的身体状况进行组合的。比如说，睡眠差时加点小米和莲心；大便干燥时放些麦片和红薯；想换换口味时掺些花生和赤豆。反正是丰富多彩，以补充每日新陈代谢所需之酵素。

媒体以《卫生部副部长的午饭》为标题，报道了我国卫生部一位官员的午饭：一点蔬菜，半个红薯，一些水果，一碗小米粥。当我看到这些内容时，就在揣摩这位记者的用意，不会是宣传我国高级干部生活的节俭，也不会是明示中国官员作风的廉洁，其真正的目的可能是用卫生部副部长的健康午餐，唤起那些在大鱼大肉面前大快朵颐的不健康意识。记者是换一种方式在规劝中国的老百姓：注意饮食的健康，警惕病从口入！

又一媒体报道了科学家新发现的 3 种抗癌食品：豆类、坚果和燕麦，因为这些食品中含有可以抵制肿瘤生长的天然成分。

伦敦大学的科学家说，他们在小扁豆和豌豆中也发现了这种成分。这类食品中富含能够抑制磷酸肌醇 3- 激酶的物质，而促使肿瘤生长的正是这种酶。

科学家从这一发现中得到的启发是可以帮助研究人员研制新型的抗癌药物。

这一信息对普通人来说，可以此调整自己的饮食结构，防病于未然。

而对已经患病的人，看到这则消息，则是欣喜如狂。因为我们又多了 5 枚打仗的子弹。作战时，充足的装备力量总比"弹尽粮绝"好啊！

我认真地将所有的抗癌蔬菜梳理了一下，发现针对"乳腺癌"的确实不少，其中最让人怦然心动的要数西兰花。国内外专家一致认为，它属十字花科蔬菜，含有的吲哚类（植物激素）具有对致癌物质的解毒功效。但是，对西兰花的烹调方法，国外专家的说法却是大相径庭，就像对"卧室床头的位置"：A 专家说应朝南；B 专家却说要朝北；C 专家又说该朝东南。莫衷一是，简直让人无法操作。

日本专家说，抗癌成分之一的吲哚类是水溶性的，如果采用水煮或者炖的烹调方法，大约一半都会流失到汤汁中去。不加水的烹调方法是最好的，建议用微波炉烹调。

美国《读者文摘》刊登的科学家意见却是要吃不经微波炉处

理的西兰花，因微波照射可使西兰花含有的抗癌物质损失 97%。

像这样矛盾的说法，我干脆避开，而用他们两者都可以接受的"不加水的烹调方法"——用隔水蒸的方法。

有一种调料叫咖喱，居然有阻止乳腺癌扩散的作用。

我紧紧地抓住这一信息，仔细探讨：它是商家的广告语，还是科学家的研究成果？

原来，关于咖喱的这个了不起的判断是世界抗衰老协会主席罗伯特·高德曼博士在其一本专著中公布的。

全球第一篇关于咖喱的药用价值的研究文章发表于 1970 年，到现在为止，在医学文献检索系统上已有 1 700 篇文章。可以说，咖喱的药用价值已经引起了全世界的关注。

咖喱可以抵御感冒。一位印度医生说，流感很难在印度流行，就是因为人们天天吃咖喱，把流感消灭在了萌芽状态。另外，印度的老年痴呆发病率远低于其他国家，也与咖喱有密切关系。

英国的最新研究指出，进食咖喱可以舒缓头痛，效果甚至较服用阿司匹林更佳。因为咖喱含有茴香、姜黄及红椒粉等香料，而这些香料蕴涵丰富的、有治疗头痛效果的"水杨酸"。一份咖喱含有 95 毫克的水杨酸，而一粒低剂量的阿司匹林，约含有 65 毫克的水杨酸，因此食咖喱可以缓解头痛，而且治头痛的安全性也胜过阿司匹林。

崇尚清淡的日本人害怕辣椒和花椒，却也热衷于咖喱。当美国营养学专家说，咖喱还能帮助减肥，美国人更是对咖喱爱不释手。

科学家发现，咖喱粉中含有一种叫做"姜黄素"的成分，能够抑制人体某些部位癌细胞的生长，包括乳腺癌。

当我正式认可了咖喱，我就开始了与咖喱的亲密接触。我的体会是"食指大动"，胃口大开，似乎腰围也大增。不是说，咖喱减肥嘛，怎么我会反着来呢？原来是我近期的"收入大于支出"所造成的，因此不是咖喱的错。

0.618，被古希腊美学家柏拉图誉为"黄金分割率"。这一神奇的数字，在饮食方面也起着重要的作用。以"黄金分割率"来指导饮食，将更科学、更合理，实际效果也更显著。

医学专家根据"黄金分割率"分析发现：

饭吃六七成饱的人几乎不患胃病，还能长寿；如果荤菜和素菜的搭配为 4 : 6 的话，那对维持身体健康最为有益；以六分粗粮、四分精食搭配摄入的人，也不易得心血管病；对癌症患者，生食和熟食的最佳比例应该是 6 : 4。遗憾的是我们目前生食的安全性令人不安，使我们很难严格按此标准操作。

人，免不了生病，但不能一生病，就马上想到吃药。"凡药三分毒"，药毒猛于虎。"现代医学之父"希波克拉底早在 2400 多年前就提出："我们应以食物为药，饮食是你首选的医疗方式。"中国人历来强调，"药补不如食补"，食物是最好的医药。

我根据自己的身体，制定了一份饮食疗法，理念是"排毒为首，碱性为先，素多荤少，应天顺时"。人体垃圾多到可以形成癌症，我当然要"排毒为首"了，而首选的食物主要有海带、猪血、黑木耳、胡萝卜、绿叶菜等；其二是要改变自己的酸性体质，多摄入一些碱性食物自然是大有益处的，如蔬果类和水里生长的食物等；其三，对我来说，荤菜是不可不吃，也不可多吃的，鱼类和蛋类是我的主打荤食；其四，饮食要"应天顺时"，不吃反季节的食物这点很重要，只有这样，才能使自己大大减少不良物质的侵入机会。

一年四季在于春，一日三餐在于晨。吃对早餐，吃好早餐，不仅是人一天精力的"发动机"，同时也是身体排毒保畅的"开关"。三餐的饮食能量分配应该是"朝四暮三"，也就是早餐 40%，中晚餐各 30%，而早餐的内容是关键。我下了很大的工夫，精心制定了一份维生素、蛋白质和碳水化合物三者都具备，而且酸碱平衡的早餐食谱：

（1）一只洗净的连皮苹果；

（2）一小碟无公害的生紫甘蓝；

（3）一碗粥（或红薯粥，或杂粮粥，或燕麦粥）；

（4）少许坚果；

（5）一只煮鸡蛋。

在饮食中有一个经典的讨论命题：水果是应该在饭前吃，还是在饭后吃，抑或在两餐中间吃？中国老百姓认为，应该是饭后吃水果。于是，餐饮行业为了讨好顾客，凡在餐馆用餐的，服务生都会在最后一道菜上完后，恭恭敬敬地奉送一盘造型独特、色彩鲜艳的水果，让食客们尽情享用。如果餐桌上还有外国朋友，他们一般会谢绝吃水果，因为他们是提倡饭前吃水果的。

营养学专家认为，饭后马上吃水果，不利身体健康，而且易导致体重超重现象的发生。理由有三：一是饭后水果中的有机酸会与其他食物中的矿物质结合，影响身体的消化吸收；二是水果中的果胶有吸收水分、减少胃肠内食物湿润程度的作用，从而加重胃肠的负担；三是饱食之后马上吃水果，所含果糖不能及时进入肠道，以致在胃中发酵，产生有机酸，会引起腹胀。于是，他们的指导意见：吃水果的正确时间是饭前1小时（柿子除外）。

我是部分同意营养学专家的意见，饭前吃水果，但饭前的时间略有不同。我吃水果一般有两次时间：一次是早餐前；还有一次是午餐和晚餐的中间时间。

水果中许多营养成分均是水溶性的，早餐前吃，吸收特别好，治疗效果也明显。比如生梨，便秘时，坚持每天空腹吃一个生梨，就会大大改善便秘的症状；又比如苹果，要收到欧洲人说的"每天一苹果，医生远离我"的效果，就要空腹吃连皮苹果，这叫"金苹果"。

吃饭，成了我的一种享受。

我的饮食疗法，慢慢地在朋友间、病友间广为传播。

让人人都享用大自然的精华。

（二）学会食物的黄金搭档，事半功倍

北京医院营养科曾主任是首长营养保健专家，她曾在媒体披露了现时中国最高领导人的基本食谱：

早餐： 半杯牛奶

一盘凉拌小菜：海带丝、胡萝卜丝、青椒丝

一个麻酱咸花卷

一小碗小米粥或莲子羹

上午点心：	一小碗银耳莲子羹或麦麸粥
中餐：	什锦沙锅（里面放 10 种以上的　食物）
	50 克（1 两）左右的红豆饭或薏仁米饭
下午点心：	半杯酸奶
	几粒坚果
晚餐：	萝卜丝鲫鱼丸子
	小米粥

　　这是一份当今中国人饮食的"中央文件"，我很是认真地学习，吃透其中的精神，然后是"首长挥手我前进"。

　　"文件"精神很显然是 6 个字：清淡、少量、多样。

　　这张食谱中有两个主题词："小米粥"和"莲子羹"。

　　小米和莲子，它们在饮食"多样化"的理念下，居然可以出现两次，足见其重要性。特别是"小米"。70 多年前，中国共产党用"小米加步枪"来领导中国人民闹革命；今天，"小米"又被用来指导中国人民奔健康。

　　为什么"小米"总是不"小"呢？

　　我带着疑问，走进书本。

　　原来，小米虽然姓"小"，但它对人体的营养价值却比大米高。比方说，维生素 B1 和胡萝卜素的含量都超过大米。它还有一个优秀的品质——钾高钠低，比例为 66 : 1。这种营养的比例正好符合人体的所需。它不像芹菜，在给你所需要的"高钾"的同时还搭给你所不需要的"高钠"。

　　中医认为，多食小米可健脾，可以让人保持充沛的体力。

　　"人无完人"，当然"物"也无"完物"。所以，小米也有缺点，它缺乏一种听起来很专业的东西，叫"第一限制氨基酸"。但不要紧，只要将小米与豆制品共同食用，就会能够发挥蛋白质的互补作用，变成一种完美的食物了。

　　我知道了这一知识以后，就隔三岔五地烧一碗薄薄的小米粥，另加一包黄豆粉，这不就是黄金搭档了嘛！每每在享用它的时候，觉得美滋滋的。因为在品尝人间美食的同时，我找到了一条饮食真理：学会食物的黄金搭档，那就是事半功倍的价值。

这条真理，让我发现了许多食物的黄金搭档，同时也高效地解决了一些改善身体不适的饮食疗法。

比如说，补钙。这是女人一生的命题。我仔细想想：年幼时有利于长个儿，需要补钙；怀孕时帮助胎儿生长，也需要补钙；进入中年，压力大、睡眠不好，又需要补钙；更年期激素水平下降，更需要补钙；到了老年，如不继续补钙，那骨质疏松症将会伴随你终身。

一般人都认为最好的补钙食物是牛奶，但有时和牛奶不能亲和，喝了牛奶，不是拉肚子，就是过敏。对我来说，牛奶还不能多喝，毕竟过多地摄入糖分和脂肪，对现在的身体很不利。

当我知道有两种食物可以搭档食用后，补钙的问题就解决了。这两种食物就是"芝麻＋山药"。

芝麻，原来我只知道它含有丰富的维生素 E、B1，能帮助通便，但不知道它还是补钙的高手。每 100 克黑芝麻含钙量是 780 毫克，是同等重量牛奶的六七倍。当然，芝麻如此高的含钙量，必须由它的"伴侣"——山药来帮忙，才能促进钙质的吸收。所以，这个高效的补钙作用是芝麻和山药的共同杰作。

我尝试过芝麻和山药的各种烹饪方法，最后能拿来推荐的方法是"芝麻山药泥"。

首先，将 100 克山药洗净、去皮、切块，上锅蒸熟后捣成泥状。然后把炒好的黑芝麻捣成泥。再下来就是将山药泥和芝麻泥合二为一，按自己的口味调味即可食用。

营养学家告诉我，如果将山药芝麻泥作为晚餐的主食，不但有助于促进食欲，而且多吃也不会发胖，因为山药的脂肪含量低。我想，这可美死了想保持身材的女人啊！

我收集了一些餐桌上的几个"哥俩好"：

（1）玉米＋豌豆＝强防癌

玉米是个好东西，具有很强的抗癌作用。但它的赖氨酸含量低，与含赖氨酸高的豌豆，以 3：1 的比例混合食用，可以起到蛋白质互补作用，提高食物的营养价值。

（2）豆腐 + 海带 = 体内碘的平衡

豆腐营养丰富，人见人爱。我们经常用老豆腐炖鱼，据说这样吃能大大降低人体内的胆固醇。然而，营养学家经研究发现，豆腐所含的皂角苷成分会造成人机体碘的缺乏，因此，过多摄入豆腐也有问题。

海带含碘多，但多食，也可诱发甲状腺肿大。于是，如果将豆腐和海带同食，正好互补。让豆腐中的皂角苷多排泄一点，而不至于让人因为碘多而"甲亢"，碘少而"甲低"。从而使体内的碘元素处于平衡状态，人会更健康。

（3）荠菜 + 蘑菇 = 抗流感病毒

荠菜属绿色蔬菜，绿色蔬菜是含维生素 C 最多的食物。蘑菇是高蛋白、低脂肪的健康食品。这两种食物巧妙结合可以预防流感。这是因为摄入维生素 C 究竟能否预防流感，关键在于人体内是否有足量的铜。铜离子可积聚在流感病毒表面，为维生素 C 提供攻击的"靶子"，从而置流感病毒于死地。

（4）黑木耳 + 生姜 + 苹果 = 强降血黏度

黑木耳是人体血管的"清道夫"，现在人们都有所知晓。而生姜有溶解血栓的作用，知道的人却不多。医生会对患心血管的病人说，多吃苹果，因为苹果中的很多营养成分有利于降血脂和胆固醇。

如果将这三者搭配食用，食疗专家说，"强降血黏度"。

"黑木耳 + 生姜 + 苹果"的制作过程和饮用方法：

将两大朵干的黑木耳泡发后洗净，鲜姜切末，苹果切片。然后，将黑木耳、苹果加水 500 毫升，煮开后加入姜末即可。此汤每天可饮用 500 毫升。

食物也像我们的人一样，各有各的特点。人们日常摄入的食物有几十种，每种食物只含有部分营养素，若在膳食中注意将含有不同营养特点的各种食物巧妙搭配，这些"哥俩好"不但有利于人体很好地吸收其营养成分，使营养价值成倍增加，还可以减少其中的副作用，对我们的健康更有利。这就叫：学会食物的黄金搭档，事半功倍。

十三、享受中医

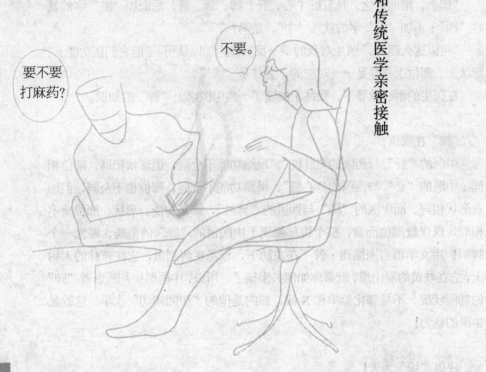

——我和传统医学亲密接触

"若要安，三里常不干。"
如何保持三里的"不干"？
施"化脓灸"，
好比每天补一只老母鸡。

在中医学面前，我是一个很好学的学生，因为中医的很多说法，跟我们平时所理解的太不一样。每每碰到这种情况，我往往会请中医医生给我上上课，避免在治疗、保健和服药等问题上步入误区。

比如，有些药品的说明书上会有这么一句话"脾胃虚弱者慎用"，我当然知道什么是"胃"，身体的体验很清晰。但"脾"呢？是不是医学书上说的"在人体的左肋下"呢？中医医生回答：错。

"你说的是西医的'脾脏'，而我们中医讲的'脾'跟它差别大了。"医生说。

"那么，推而广之，凡五脏：心、肝、脾、肺、肾，后面加'脏'字的就姓'西'；不加'脏'字的就姓'中'，是吗？"

"可以这么理解，"医生对我的举一反三能力加以认可。"但它们在功能上、形状上、部位上并非是一一对应的，尤其是'脾'"。

在医生的耐心教导下，我终于搞懂了一些中医学上"脾"的知识。

"脾"在哪里？

中医的"肝"与西医的"肝脏"，虽然功能不全同，但形状相同，部位相同；中医的"心"与西医的"心脏"，虽然功能不全同，部位也不全同，但毕竟形状相同。而中医的"脾"与西医的"脾脏"，则是功能、形状、部位全不相同。仅仅就部位而言，整个腹部都属于中医讲的"脾"的范畴，好大一个脾啊！用文学语言来描述：脾不在左肋下，也不在解剖里，它在杏林的大树上，它在岐黄的深山里，就看你如何去采摘了。所以，中医医生判断患者"脾"的功能状况，不是靠化验单和 X 线，靠的是他的"望闻问切"水平。这就是中医的魅力！

民以"脾"为天！

这是从"民以食为天"演化来的。中医告诉我：民的"食"是要靠脾来运化的。没有脾，那"食"再好也不能为民所用。这不，就可以说，"民以'脾'为天"嘛！

中医书上明确指出：脾为后天之本。脾的重要功能是"运化"。

何谓"运化"？运是运输，化是消化。

运输什么？一是水，二是"水谷精微"，即食物中的精华部分。

我们吃的食物并不全是精华，也有糟粕。脾的运化就是去糟取精，把"精"

的东西从食物中提取出来，再运送到全身去。这一过程有点像西医所说的消化系统。不过，在西医庞大的消化系统中，缺了"脾脏"，人照样可以活得有滋有味。在西医领域里，脾脏是人体众多免疫器官的其中一个，"缺了萝卜也成席"，难怪脾脏是可以切除的了。

而中医"脾"的功能，对人来说，却是一刻也不能少的。"脾"如果运化不了水，就好比江河泛滥，人便会发生水肿；如果运化不了水谷精微，那么，人或者拉肚子，或者堵得慌。接下来，你就会气血不足、少思饮食、面黄肌瘦，谓之"脾胃虚弱者"也。

反之，如果人脾的运化正常，那么，不仅能让瘦子强壮起来，也能让胖子瘦下去。

我终于明白了，调理好自己的脾胃，原来是那么的重要。

我开始给自己看病：

症状：舌暗，苔厚腻，食欲差，便稠伴隐隐腹痛，入寐困难。

我的临床诊断：气血虚弱，脾胃不调。

我给自己开的处方：

　　（1）每日食谱中加山药、扁豆、薏仁米、芡实；

　　（2）足三里处施"化脓灸"；

　　（3）暂停生食1周；

　　（4）每天早上做脾胃操30下。

为什么要施"化脓灸"？

我是从一张有关健康的报纸上知道"化脓灸"的作用原理和适应证的。"化脓灸"是中国传统医学的一种灸法。它是施灸烫伤局部组织，产生无菌性化脓现象，通过无菌性炎症分泌物的长期刺激，增强免疫功能，起到治疗和保健作用。

俗话说："若要安，三里常不干。"这句话的意思是如果想要身体安康，就要使足三里常常保持湿润的状态。那么，如何保持这种"不干"的状态呢？古人常采用的是"化脓灸"。据说，施了"化脓灸"，好比每天补一只老母鸡。

目前，"化脓灸"常用于慢性肠胃病的治疗和体虚的调理。

我觉得我目前的症状，符合"化脓灸"的适应证。

医院针灸科。

"你的乳腺癌生在哪一边？"医生问。

"右边"，我回答医生。

"你坐这张椅子，把右腿搁在凳子上，裤子腿拉到膝盖处。"医生边说边在做准备工作。他将艾绒做成麦粒大小圆锥形的9根艾炷，然后在我右腿的足三里穴位处涂上酒精，放上1根艾炷，用着了的蚊香点火，艾炷很快燃烧。当艾炷烧尽，最后烧到皮肤时，一阵刺心痛，并伴一股皮肤的烧焦味。我不由地叫了起来，医生迅速把它按灭，同时用左手拇指、示指、中指按摩穴位周围来分散我的注意力，减轻我的痛苦。

足三里穴位处的皮肤被烧焦了，我痛得汗都出来了。

医生问："要不要打麻药？"

"不要。"我回答得很爽快，我想当一回江姐。

很多人围在旁边看，我有点得意，他们在夸我，"蛮坚强的"。

然后，第二炷又开始点燃了……

同样的过程我经历了9次。但痛感好像是在递减的。

大约15分钟后，整个过程结束。

医生在那个足三里穴位处，贴上一张一元硬币大小的黑膏药，说是帮助这个地方化脓的。

医嘱是：

（1）灸疮化脓时间因人而异，是三五天，还是一周两周，看各人的体质，体质好的化脓得快。你自己要注意观察。

（2）灸后多食营养丰富的食物，促进灸疮正常透发。

（3）灸后不影响正常活动，不影响洗澡，但不能太劳累。

（4）化脓后，每天要换药，并保持创面清洁，避免感染。

（5）大约需要1个半月的时间，才能排尽脓液，而后就待其自愈、结痂。

医生说的5条，我最担心的是第一条。因为在《针灸资生经》里，有一句很恐怖的话："凡着艾得灸疮，所患即瘥，若不发，其病不愈。"我担心自

己那个足三里穴位处一直无动于衷，那岂不就"其病不愈"吗？

1周过去了，我那个地方真的"无动于衷"。

我好害怕！

我有点后悔了，因为它让我增加心理负担了。

到了第10天，我感觉右腿的足三里处有点痛痛的，掀起膏药一看，我欣喜若狂，化脓了！而且那个"脓"化得真叫"认认真真"：有一点点稠、淡淡的黄白色，量不少，无味。

医生检查后说："很好。"

自从化脓后，我的睡眠一天比一天有质量，食欲又回来了。大约3个星期后，困扰我多时的脾胃功能恢复正常：让我的"进口"与"出口"平衡，不再发生"顺差"和"逆差"了，而且很少患感冒。

"化脓灸"让我成了吃好、拉好、睡好的"三好"好人。

我1年坚持施2次"化脓灸"，让自己始终跻身于"三好"好人的行列中。

世界上恐怕没有哪一个国家能将一棵草、一根针发展成千年的文化，也没有哪一个民族像中华民族那样用炽热的情怀来对待这种草、这根针。

世界上更没有哪种植物、哪个器具能够数度救民于疾苦。

这种植物、这一棵草就是——艾草！

艾草成就了艾灸。"化脓灸"就是艾灸这一文化瑰宝中的一朵奇葩。

这个器具、这一根针就是——银针！

银针和艾灸结合，就是中华最古老的医疗保健奇术——针灸。

在全世界最挑剔的国家——美国，每年的10月24日被定为"针灸与东方医学日"。如今，中医治疗在美国并不局限于华人圈，据统计，每10个成年美国人中，就有1人接受过中国的针灸治疗。

有一位邵先生，在美国开诊所。他用针灸和中药给美国人治病，已有12年的历史。他说："美国人很实际，有效果他就会来。来我这儿的95%以上都是靠病人介绍病人，很多人是在西医看不好的情况下才来看中医的。"

最典型的案例是时任白宫妇女儿童保健委员会顾问的派吉·皮格女士，受坐骨神经痛的折磨长达数年之久。西医为她做过手术，可结果却是"神经没有问题"。尊贵的皮格因此不得不随身携带一个板凳和枕头。而用中国的针灸治疗是她在绝望时的无奈选择。结果，扎了不到10针，皮格的症状就减轻了。奇迹般的痊愈后，皮格和她的丈夫——美国国家卫生研究院肿瘤研究所所长，从此担当了这根小小"银针"的义务广告员。

这真是"越是民族的，就越是国际的"！

而在针灸的故乡——中国，哪天是针灸日啊？！

或许是因为如今的人太依赖"手术刀"而不太习惯使用"针"？也或许是因为对自己太熟悉的东西，往往易忽略？再有，就是如当今无须再有"三九男士节"一样，"针灸"已不必强化了？

我与传统医学亲密接触后，真是感慨良多……

十四、静中动，虚中实

——
我
的
行
为
处
方

　　　　音乐处方
胃部不适：德国古典乐曲
心动过速：《梁祝》
心动过缓：《节日圆舞曲》
失　　眠：《月光奏鸣曲》
生闷气时：《江南好》
肝火旺时：《二泉映月》

我从《解放日报》获悉，沪上始现癌症现代音乐疗法。我喜出望外，赶紧打电话联系，预约治疗时间。

一间20平方米大小的治疗室，内有5个坐着让人很舒服的大沙发。和蔼的护士出现在我们面前，微笑着自我介绍，然后帮我们一一量血压、测心跳、呼吸、体温。这时，进来一位30多岁的年轻女医生，她就是音乐指导师。我们互相之间进行了几分钟的友好互动，治疗室的灯光就暗了，音乐就开始——

"请闭上眼睛，开始深呼吸，调整呼吸，吸气，呼气。当你吸气时，把所有的烦恼聚集起来，当你呼气时，把吸进的烦恼统统吐出去。现在请把全部注意力放在头部，默默地对自己说，头部放松了，放松了，越来越放松了；四肢放松了……胸部放松了……背部放松了……全身放松了……（又换了一首音乐）你在一片大草原上，蓝天白云，百鸟齐鸣（这时耳边响起了清脆的小鸟声），你感到心旷神怡……"

半小时后，我们睁开眼睛，回到现实中。

音乐指导师开始问大家各自的感受。

"我在手臂放松时，瞬间感到一种漂浮感；大概治疗到一半时，感到全身发热，几分钟后又正常。"我抢着第一个说。

"那你有没有看见大草原？"指导师问。

"大草原？……好像有"为什么回答得如此吞吞吐吐，因为后5分钟的时间，我的思想在开小差，我在想怎么把这个音乐疗法"拷贝"回去，所以体会就不深了。

"我的感觉是想抬腿，但怎么也抬不起来，人感到软软的。"坐在我边上的另一位治疗者说。"大草原我是看见的，但感觉一点都不大。"

每位治疗者都说了一遍，各人的感受都不一样。

护士小姐又来帮我们量血压，测心跳、呼吸和体温。

这时，我发现我的指标跟治疗前发生了变化：血压从120/80下降为105/70，心跳从86/分钟下降为71/分钟，呼吸从20/分钟下降为16/分钟，但体温还是维持原来的36.8℃，没有达到"体温"上升的理想状态。

第一次治疗就改善了75%的指标，我已经很满意了。

接着，那位可爱的指导师给我们讲了音乐疗法的奥秘。

原来，被治疗的人是在音乐和音乐治疗师的引导下进入一种被称之为"转换状态"的意识状态（一种游离于意识和潜意识之间的状态）中自由地发挥自己的想象力，让你在愉悦的环境中深度放松，大脑皮层受到音乐的影响，恩宠每一个细胞。这样身体的种种不适，以及焦虑、抑郁、失眠、高血压、心动过速、疲劳综合征等许多慢性病，甚至癌症患者的康复治疗，就会在优美的旋律和自我的想象中，慢慢地改善，甚至消失。

身体不适，可以不吃药、不打针，用音乐、意念来调节，来修复。天下还有这等好事！妙哉，妙哉！

其实，音乐的种种妙用，我早就听说了：奶牛场放音乐，产奶量可以直线飙升；养猪的农场主让猪边听音乐边吃食，猪的食欲大增；在黑暗的水中给饲养的鲤鱼播放古典音乐，即使光照受限，鲤鱼也能加快生长；在即将临产的产妇耳边回荡舒畅的音乐，会大大减轻产妇的分娩痛苦，缩短产程等等。但今天的亲临体会，还是让我新鲜了一下。

于是，我反省：自己每天都有意识地听音乐，为什么没有如此的感受？我琢磨着：听音乐时我是睁着眼的，而且是边做事边听音乐的，是顺便带带的，不是一门心思用意念的。这不是成了"背景音乐"？我突然想起英语中"Hearing"和"Listening"这两个词，前者我们往往译成"听见"，指的是一种声音的存在；而后者则译成"倾听"，是一种心理层面的活动。恍然大悟了，音乐疗法是"Listening"，而我每天嘴里跟着音乐随便哼哼的是"Hearing"。

一位刚从美国回来的朋友告诉我，他原先患有胃神经官能症，去当地的内科就诊，医生开了这样一张处方：德国古典乐曲唱片一张，每日3次，饭后放听。他遵照医嘱，很快就把病治愈了。

"这么灵，奇怪，奇怪！"我不由得赞叹。他却说："告诉你更有趣的，在美国，音乐可以治疗癌症。"他给我讲了一个真实的故事。

美国癌症治疗中心之一的罗索哈特医院音乐治疗主任金泰尔，本人就是癌症患者。1975年她患了乳腺癌，病情很快恶化，被送进医院。在医院里，她目睹癌症病友一个个死去，情绪十分低落。

正当她在准备后事时，会弹钢琴的父亲为她弹奏一些乐曲，以减轻她精神上的痛苦。令人十分惊奇的是，音乐就像魔术师一样，慢慢驱赶了病魔，使她奇迹般地活了下来，而且心情十分愉快。病愈后，她以极大的热情参加了美国癌症协会组织的音乐治疗工作。如今，她已经成为世界知名的音乐治疗专家。

朋友一口气向我叙述完，我兴奋地对他说："帮帮忙，找找她，我要找她！"

"你找她，人家还要找你呢！"

"找我？"

"美国人说，真正的音乐治疗鼻祖在中国。"他自豪地说。

我开始了"寻根"工作。

两千年前的《黄帝内经》就提出了"五音疗疾"。《史记》云："故音乐者所以动荡血脉，通流精神而和正心也。"

走进中医的音乐疗法，好似走进了一个"五五相环"的大迷宫。

中医认为，我们常说的五行木、火、土、金、水，会生出角、徵、宫、商、羽五音；而我们人体的肝、心、脾、肺、肾五脏，又会生出怒、喜、思、忧、恐五志。这五行和五音之间，互相呼应，又与五脏、五志相连，所以对于五音的运用，可以起到调节五志的作用。中医的音乐疗法是根据角、徵、宫、商、羽5种民族调式音乐的特征与五脏五行的关系来选择曲目，进行治疗。

这一段文字，我等一般人看不懂。

内行人给我举了一些例子，让我稍稍有了明白。

"暴躁"性格的人，在五行中属"火"。这类人做事豪爽，好胜心强，但遇到挫折易灰心丧气。一般情况时，适宜听些徵调音乐，如《步步高》、《卡门序曲》等，这类激昂欢快的乐曲，符合这些人的性格。但如在情绪急躁发火时，应听《二泉映月》、《汉宫秋月》等，能缓和、制约、克制急躁情绪。

"愤怒"的人，此时的情绪在五行中属"木"。在愤怒万分、压抑心头时，应听角调音乐，疏肝理气，如《春风得意》、《江南好》、克莱德曼的现代钢琴曲等。在愤怒已极、大动肝火时，应以商调音乐，佐金平木，如德沃夏克《自新大陆》、艾尔加《威风堂堂》等。

哇！好有学问啊！看来我是自学不了的。难怪美国著名肿瘤医院 MD 安德森中心非要与中国中医科学院合作进行中医音乐疗法的肿瘤病临床验证。

英国科学家发表的一项研究报告显示：心律失常的患者（或快的，或慢的）听适当的音乐有助于调节心律，从而协助治疗心律失常。他们的处方是：快速型心律失常患者应选用情调悠扬、节奏徐缓的古典乐曲，如《梁祝》、《二泉映月》等；缓慢型心律失常患者应选用情调欢悦、节奏明快的歌曲，如《节日圆舞曲》等。我将此方法介绍给有关朋友，他们反馈的信息是：效果非常明显！

媒体报道了上海中医药大学一女生给自己开出的失眠处方是贝多芬的《月光奏鸣曲》，治愈了困扰多时的失眠症。从此，她潜心研究音乐疗法。后来，一位 38 岁的张先生自愿加入了她的音乐实验。患失眠症 1 年多来，张先生常常在床上辗转反侧两小时才能入睡，而每晚熟睡的时间只有三四个小时。自从指导他听巴赫的《哥德堡变奏曲》，3 个月后，张先生的熟睡时间延长到 6 小时。

我的睡眠一直不好，于是，我马上去找巴赫的《哥德堡变奏曲》，市场上根本没有。问互联网要！网上下载后，才发现乐曲的节奏相当明快，听了有一种振奋感，这样的效果居然会催眠？晚上试了试，不灵嘛！看来，乐曲的作用是因人而异的。

音乐治疗是一种"静"治疗，根据动静结合的行为处方，我必须有一定量的"动"治疗。

美国 62% 的癌症患者，确诊后能生存 5 年以上，其中的秘诀就是"动嘴又动腿"。"动嘴"就是多吃水果蔬菜，每天至少 5 种蔬果，用这种自然疗法加速身体的排毒；"动腿"就是多运动，每周至少运动 5 天，每天不能少于 30 分钟，让健康细胞活动起来，以正驱邪，激发机体的自愈力。

音乐处方

胃部不适……德国古典乐曲
心动过缓……《节日圆舞曲》
生闷气时……《江南好》
心动过速……《梁祝》
失　眠……《月光奏鸣曲》
肝火旺时……《二泉映月》

对照美国的经验，"动嘴"这一条，我自认为已经做得不错了。但"动腿"这方面，由于左大腿内有三根钢钉，运动很受阻：游泳不行，怕滑怕摔；打太极拳也不行，马步的架势做不了；做气功吧，可我不知怎的，这"气"就是沉不到"丹田"；跳舞就更不行了……至今没有找到一条适合自己的运动方式，只得散散步而已。所以，总感到自己气血调节得不是最理想。

一天，一篇标题为《每天深呼吸5分钟，相当于给内脏做按摩》的文章吸引了我。我觉得这个运动比较适合我目前的身体状况。于是，认认真真地学着做。

所谓"深呼吸"，就是吸气时小腹要跟着收缩；呼气时，小腹要跟着放松。用医学的语言是小腹的鼓荡能带着腹腔和胸腔一起运动，这样不但吸氧量多，而且腹壁前后运动加上膈肌的上下运动，还能使胃、肠、肝、胆、脾、肾等器官得到"按摩"（蠕动），加强了这些脏器的气血循环和功能的发挥。

刚开始练习的时候，只做了五六下，就觉得很吃力，勉强做完10下，就要躺些时间。但1个月后，我就可以增加到20下，半年后，我又增加到30下，一直保持到现在。

医生告诉我：日常生活中，我们每个人都在呼吸，然而，我们很多时候的呼吸都是无意识下的反射动作，每次吸进肺部的气体容量很有限。事实上，呼吸频率越快表示呼吸量越小，好不容易吸进的氧气还来不及发挥作用，就又被送出去了，加上短促的呼气，更使得废弃的二氧化碳继续残留在肺里。因此，与其做100次短促的呼吸，不如经常提醒自己深呼吸，帮助加速体内废弃物的代谢，净化血液。

这个"深呼吸"运动，做得好，身体会感到阵阵发热，而且全身会有一种微微的飘逸感。可惜不是每次"深呼吸"运动都能享受到的。

我的行为处方在不断地适应、调整中，最合适的就是最好的。

十五、我当"医生"了

——不要抑郁，明天你仍依旧

婚姻场上屡战屡败，
但却更有资格
谈夫妻，说婚姻，论情感。
因为经历多了，思考就深一些。

我突然发现一个规律：10月份，我很忙！

为何？

国庆节？非也。

我的出生日期是1950年10月30日，生日？也非也。

答案：10月是全球"乳腺癌防治月"，而我这个人被有关方面认为是一本很好的活教材。

2007年10月26日，我被市妇联等单位邀请在上海图书馆做了《女人可以不得病——身、心、灵与乳腺疾病》的演讲。那天，在回家的路上，我的手机短信铃声不断，短信中用得频率最高的一个词是"精彩"。看了以后，心里乐滋滋的，马上向与我同车回家的两个妹妹说："咱们下馆子吃饭去，今天我买单！"

从这以后，我不时地接到许多女人，也有不少男人的电话，咨询的话题大多是有关身体保健和情感婚姻之类的，看来我演讲的一些理念和他（她）们产生了共鸣。

一天傍晚，我打开电脑，收到一封带有两个惊叹号的、主题为："求救！有关抑郁症！"的邮件。这是我讲座的一位听众为她的女友来求助的信。她的女友是南京一家公司的总经理，因受工作压力、情感婚姻等问题的困扰，长期失眠、抑郁，情绪非常低落，不能自拔，曾在前几年自杀过，近期又萌发轻生的念头。在南京看过心理门诊，医生只开了两个药就完事了。服药后，未见效果。求我救救她！

我马上回复，建议她吃吃"黛力新"，并愿意与她电话沟通，做一些心理疏导。第二天一早，我突然接到南京那位女士的电话，说她昨晚一宿没睡，心里非常难受，精神要崩溃了。想马上驱车来上海见我。我同意了。我预感，她病情比较严重，必须由专业的心理医生来诊治。

下午一点半的时候，她到了。是她丈夫亲自开车送她来的。

她，看上去40岁左右，中等身材，面色蜡黄蜡黄的，脸上写满了不悦、焦虑和无助，可能是她长期失眠的缘故，人很瘦，一副病态样。总之，找不到一点点"女总经理"的风采。

女人见女人，我心底泛起阵阵的怜悯、同情。

我陪他们去一家很有名的心理咨询中心，挂了当天最高级别的主任医师的号。挂号费 158 元。

在候诊的时候，我突然想起媒体曾报道的美国有一家心理诊所，它是写《夫妻——最亲密的敌人》的作者、一位著名的心理学家开办的。他办的心理诊所就是为了解决夫妻间存在的问题。去他那里的很多夫妻都是面临离婚危机的。他教他们怎么吵架，要大声地当着很多人的面吵架。在吵架的过程中，双方把很多积怨都释放出去了，然后高高兴兴地回家。

我想，这种酣畅淋漓的心理疏导方法，大概不太适合"家丑不得外扬"的中国夫妇，因此，我对今天的心理咨询更多了些期许。

当时钟指示 16:50 的时候，我们被微笑着叫病人姓名的那位主任医师请进了诊疗室。

诊疗室有十五六平方米，里面很简陋。放着一张有电脑的办公桌，桌前有 3 张椅子，医生和病人斜角对坐，便于沟通；中间是病人家属的座位，因为他也是医生希望沟通的对象；而我是旁听者，自然坐在远离主要沟通区的靠墙的沙发上。我那么愿意陪他们来的另一个原因是：想学两招专业的、"科班"的心理辅导法。

"你今天来咨询什么问题？"和蔼的主任医师轻轻地问道。

"我活着没意思……我想死……"她边哭边颤抖着说完这两句话。

"什么原因导致你有这个想法的？"医生继续问。

接下来，是那位女士长达 20 分钟的叙述，中间有两三次是带着哭腔的。

原来，她所主持的那家公司，是和丈夫大学毕业后共同创建的。经过十几年的奋斗，公司已像模像样了。两人分工明确，他主管技术，她主管销售。公司业务不错，但夫妻间的感觉却找不到了。7 年前，因丈夫的婚外恋，使她原本的神经衰弱更加厉害，整天整天的失眠，安眠药都无济于事，于是，她自杀过一次。后几年，就这么凑合着过来了。她总觉得丈夫并不爱自己，一肚子的话没地方说，做什么也没劲，很苦恼。近来，她偷看了丈夫的手机短信，似乎感觉他……

"我打断一下。"医生转向她丈夫："你认为你妻子说的情况属实吗？"

"基本是事实。"丈夫首肯。

"你的情况我基本清楚。"医生明显是不让她继续说了，接下来医生开始埋头写病史，我们都不发声音，怕打扰了他的写作。大约过了五六分钟，我远远望见医生写满了一页，又翻过去写，另一页写了半页，医生开始用桌上的鼠标点击电脑屏幕，说：

"你患的是中度抑郁症，我给你开 3 个药，其中两个是帮助睡眠的。"医生在电脑里输入了患者的身份证号码后，转过脸，对患者说：

"你先吃两个星期的药，然后再复诊，今天太晚了，没时间对你进行心理辅导了，我下面还有一个病人。"接着，医生又对她丈夫说：

"对她好一点，不要让她有轻生的想法。"边说边起身，把我们送出诊疗室，下面一位病人进了诊疗室。

我看了一下时钟：17:25。

看一个病人用半个多小时，平心而论，这在当今的医院确实是很奢侈了。但问题是面对一个想自杀的抑郁症病人，难道医生就这么寥寥数语地让病人回去吃药？

我纳闷。

"我多么希望医生能给我多说点。"显然，她很失望，很不满意。

她丈夫不语。

她丈夫的眼神告诉我们："这不，跟南京的医生一样嘛，害得我那么累地沪宁来回跑。"因为他本来就不太愿意送她来的。

此时，正值下班高峰，他们的车子是外地牌照，上不了高架马路，只得行使在拥挤的地面上。从上海的西南角到我家的东北角，一路下来估计需要 1 个多小时，可以有刚才正规心理门诊的两倍时间。

我想，在送我回家的路上，潘"医生"应该开始工作了。

她和我并排坐在后排。

"你为什么说，丈夫不爱你？"我一开始就揿住女人情感婚姻最大的"死穴"发问。

"他出差在外，从来不给我嘘寒问暖的问候；我曾经苦心编织一些有异性喜欢我的谎话，可他听了却若无其事；我们平时除工作外的话，很少很少。"她振振有词的3条理由，好像第二条还有点充分，男人这个动物是很小气的，而她丈夫居然会不吃醋？

"我刚才听见你咨询医生，问自己能否再怀孕？"这是打开她心结的第一把钥匙，所以我要追问她。

"是的。"

"第一个孩子多大了？"

"12岁，是他坚持要生第二胎的。"她说。

"你想一想，如果他不爱你，不爱这个家，那他完全可以解散这些关系，与别人去组建新的家庭，自然会再生一个孩子，又何必要向你发出邀请来实现这个愿望呢？"

她一声不响地听我说，我看了一下她的眼神，好像有些认可。

在这个关键问题上，我希望有她丈夫的赞同票。于是，坐在汽车后排的我，身体开始往前面驾驶座位上靠，并用右手指有意识地往他肩膀上点一下，示意他表态。

"潘老师说的对，你老要我回答我不善说的那3个字，我不说，你就整天胡思乱想，'作'得要命，还时不时地重提那个旧事，搞得我一点心情也没有。"

他的话，实在，是真话，我信。的确不是每个男人都喜欢用"我爱你"的有声语言来回应老婆的，而女人这个"听觉动物"却非要穷追不舍，于是，男人就是再爱也爱不起来了。

她的丈夫，虽然身材并不高挑，但外在的形象却比她得分高。看上去比较内向、稳重，话不多。根据我的分析，他并不想离婚。不想离婚，是不是因为妻子是长期搞销售的，手里有绝对的客户网络，担心釜底抽薪？抑或是孩子的因素？还是财产分割的因素？要不，就是两人缘未尽情未了？

我一下子实在无法判断。但这些，此时此刻，对我来说无关紧要。重要的是他"不想离婚"这一点，也恰好是她的心愿。因此，

婚姻场上屡战屡败，但却更有资格谈夫妻，说婚姻，论情感。因为经历多了，思考就深一些。

我认为，解决他俩的问题，应该不会是两条平行线，而是两条有焦点的斜线。

我顿时信心倍增。

我们的交谈继续着。

"你有没有感觉到丈夫也有对你好的时候？"我开始引导她自我否定。

"有。"她回答得很快。

"比方说……"我努力让她在自己的丈夫面前说出来。

"晚上他会经常抱着我睡觉。"这句话，她说得慢慢的、轻轻的，很有情调。我转脸看见她神情中透着一种女人的满足感，但我无法看清她丈夫的表情。

"好了，你是需要丈夫一句应付性的'我爱你'呢，还是需要经常性的温暖怀抱？"

"你不是不知道，我这个人是不喜欢多说的。"没想到她丈夫抢在她前面说话了。

"我知道，你是比较内向的，可我……"她不好意思地回应丈夫。

"你这叫'哪壶不响提哪壶'啊，你知道吗，男人最烦的就是这点。"我趁机敲打她。

"我并不是只要听好话的人，他有些事做得实在让我放心不下。"她开始摆事实了。

"一次，我听见丈夫在安排朋友间的节假日郊外活动，并告知大家不要带家属。我想，是不是他们都带情人，所以不带家属？为此，我哭了好多天，又失眠了，觉得自己活着没意思。"她又开始流泪了。

"你这个想法为什么不跟他沟通？"我问。

"我怕沟通不好会吵架。"她说。

"不带家属就是我有情人，你就是生活在自己的逻辑里。"丈夫显然不高兴了，好像受了冤枉。

这时候，我不想当裁判，而给他们讲了一个故事。

故事的主人公叫小黄，小黄和她丈夫分别是不同公司的白领，小日子过得不错，还有一个5岁的宝贝儿子。自从丈夫晋升为经理后，她发现了丈夫有婚外恋情，但她一直没吭声。

不久,小黄主动找了一个出差的机会。当晚,她在当地往家里打电话,没人接。打丈夫手机,关机。于是,给丈夫发了条短信:"我丢了一件宝贝。"

2小时后,收到回复,问丢了什么。

再回复:"你的忠诚。"

没有回复。

半夜,小黄睡不着,又给丈夫发去短信:"我和儿子感谢你给了我们富足的生活,但是如果把最珍贵的东西丢了,我们宁愿不要这些。"

接下来几天,双方都没有联系。小黄不胡搅蛮缠,让丈夫充分思考。

临回去的一天早上,小黄收到丈夫的短信:"老婆,我愿意帮你一起找回失去的宝贝,可以吗?"

在那个陌生的城市,小黄失声痛哭。也许,她丈夫终于明白,那个让他一时心动的女人可以给他激情,但是却永远不会包容他睡觉时刺耳的鼾声,不会在他喝得不省人事的时候彻夜守在床边给他倒水、擦汗,收拾吐得一地的狼藉,更不会在7年里的每一天早上把胃药包好放在他的包里……

小黄回到家后,也没再提起这件事。

随着时间的推移,生活慢慢地、慢慢地恢复了它本来的面目。他,全心全意地当起了好丈夫和好爸爸。

日后,小黄对小姐妹们说,想起那段日子,虽然心里还有些隐隐作痛,但是转过头,我还是笑了。也许,这就是婚姻吧,总是没有十全十美,总有些瑕疵。但是漫长的人生旅途中,有什么不可以用宽容和谅解来释怀的呢?

我的故事早已讲完了,但眼前的这两个听讲人却还沉浸在故事中,他们无语了少许。

"这个女人很智慧!"她带着欣赏、带着内疚说了一句。

"潘老师,你的挂号费收518元都不贵!"她丈夫夸了我一下。

"那好,那我可以发财啦!"我高兴的是他俩听懂了这个故事。

我抓紧还剩的一点时间，快速讲了我的故事……

当他们知道，面前这个活得滋滋润润的潘老师的种种苦难后，惊呆了！

"怎么样，和潘老师比，你还想死吗？"她丈夫问她。

她笑了，这是我第一次看到她笑。

这时，我到家了。

在我下车时，我的两只手被他们四只手紧紧握住。

第二天，我收到她和他的短信，告诉我，他们昨晚过得很好。

我回复："我相信，你们会一直过得很好的。"

名人英达在主持《夫妻剧场》这档电视栏目时曾调侃：像我这样一个在婚姻场上"劣迹"斑斑的人，是主持这档节目的最佳人选，因为我经历得多，思考得深，更有资格谈论夫妻，说说情感和婚姻。

我，也不就是吗？

十六、恩宠细胞

——身心灵与乳腺疾病

以自己生命的生死反思：
精神杀人，也救人。
"病由心生"，情绪长期反复"感冒"，
是滋生百病的土壤。
消除负面情绪，让细胞沐浴恩宠。
遵守婚姻场中女人的若干要义，
女人可以更健康。

我的康复之路

今天我们谈的话题是：女人可以不得病。

这个话题，在理论上是不成立的，而在实践上，咱们也会觉得不那么行得通哦，因为是人都会得病，女人怎会例外呢？但我们今天是从人的精神与疾病关系的角度来讨论的。如果我们平时非常重视自身的情绪健康，那么，我的体会是：女人是可以不得病的，或者说是至少可以少得病，或者说是可以不得大病的。

（一）半年里我所经历的五大刀

演讲前，我先汇报一下自己的病史：2005 年，我经历了惊心动魄的 5 个月。4 月份，我不慎摔倒，摔得好厉害——股骨颈骨折。大家知道"股骨颈骨折"是很厉害的一种骨折。医学书上都说，这个骨折手术后要绝对卧床 120 天。大概在我卧床到 60 多天的时候，我发现我右边的乳房有一个肿块，医生诊断后，建议马上手术。手术后的病理诊断是乳腺癌，而且腋下淋巴结已经转移。按照乳腺肿瘤发展的分期，共有 4 期。我的病理报告是中期偏晚一点点，情况应该说不太乐观。

这世界上有三大极品病：癌症、艾滋病和心脏病。可我一个人却占了两个：心脏病 + 癌症，你说我这人贪不贪啊？

得了癌症就得化疗，但我知道很多化疗药对心脏的毒副作用很大，我的心脏肯定受不了。所以，在化疗之前，我请家人从网上去下载有关这个药的知识，我研究一天后，第二天跟医生说这个药我不能用。于是，一个一个换，换了三四个药都不行。我不好意思了，我向医生说："对不起，对不起，我不化疗了。"当时我是这么取舍的：心脏出问题是瞬间的，而癌症是慢性的消耗性疾病。在这两者之间，我先保一下心脏，只要给我时间我就想办法把癌症逆转过来。

医生说，不化疗，那就放疗吧！我同意了。放疗应该要做 25 次，但我放疗到第 4 次，就在那个放疗的机器上，心脏病发作，抢救。后来医生说，等心脏好了再放疗。我不同意，因为我觉得主要脏器亮红灯了，我就必须停止。就在这样的情况下我准备出院。于是，就想再检查一下左边的乳房。一查，不好，医生说:"赶快手术。"说实话,这个时候,我的心情真的是坏透了,我想我到底怎么了,为什么就不给我一点时间。几乎有两天的时间,我谢绝所有朋友来病房看我。到两天半以后,我突然在报纸上(因为我家里订了很多报纸,我在病床上,每天要家人,你们什么东西都可以不带,就是家里的报纸不能不带来)看到了一个真实的案例,是这个案例让我顿时调整了心态,什么案例,我等会儿说。好了,就这样前后5个月内挨了三刀。

这时候的我,股骨颈骨折还没好,我必须继续躺在床上,所以我整个人的四肢:左腿不能动;右侧乳腺癌腋下淋巴全部清除,淋巴回流受阻,手臂肿痛,抬不起来;左边又来一个乳房全切除,所以左手那时也动不得。朋友们,可以这么说吧,我不仅是"两房"都扫平了,而且四肢只有一条右腿能动。我就这样笔直直地平躺着,望着天花板。我突然想起来,我具备了说一句话的资格:"钢铁是这样炼成的。"

我应该到了可以慢慢地拄双拐的时候了,可大家知道我那时是不能拄双拐啊!拐杖是放在腋下的,而我两个腋下都不能拄。这个问题苦了我很长时间,我只得用两个手掌撑着两个短拐杖。我的手被撑得痛得不得了,手腕处不断地发生腱鞘炎。

好不容易能站了、能迈开第一步了。大概到我术后6个月的时候,我又挨了一刀。前面三刀是医学之手,这一刀是情感之手。我身边的那位先生,提出来想自己过自己的日子。这会儿是"天要下雨,君要走",无奈啊!我称之这是情感之手的第四刀。

这第四刀让我身上无血,但心里流血。止住心里的血,我切换了自己的研究坐标,不研究公关,不研究品牌,不研究企业形象了,全部精力研究我的乳腺癌。

整理书橱,放上了许多有关癌症的书。中医的、西医的、推拿的、针灸的、食疗的、体疗的等。我又从网上下载了很多很多资料,然后就潜心研究。而最后的结果是我万万没有想到的:我患的那种乳腺癌叫做HER-2强阳性,不是那种内分泌型乳腺癌。资料告诉我,这个乳腺癌有三大特征:无病生存期很短,复发转移率很高,死亡率很高。

我看了这三点，绝对懵了！我瘫坐在沙发上，半晌缓不过气来。这就是我挨的第五刀，我称之为心理之刀。

我怎么都没有想到，我患了这么严重的癌症，真的是绝症啊！那时候我觉得自己是不是已经到了谢幕的时候了？我撑着两根拐杖站在18楼的窗前，湿润的眼睛看着高架上车水马龙，看着马路上人们行色匆匆，而自己心里是阵阵的凄楚……

有一位大家曾经说过，一个人在顺境中要虚怀若谷，遇到困境则要百折不挠，而处在绝境中，却必须告诫自己：我是最棒的，我一定能绝处逢生！我就是用这句话，充满信心地一段一段地走过来了。

（二）决定健康的重要因素——精神因素

这几年，我在边研究边康复的过程中，深深地感到：其实女人如果在情绪问题上好好地把握自己的话，那么生大病的概率就会大大减少。

医学专家研究，一个人的健康有五大决定要素：①遗传（占15%）；②社会环境（占10%）；③自然环境（占7%）；④医疗条件（占8%）；⑤生活方式和精神因素（占60%）。

很清楚前4项要素占的比例相当少，加起来总共才占40%，而真正影响健康的是生活方式和精神因素，它却要占到五分之三的比例。所以这样一来我就反省自己：我家没有遗传史，肯定是我的"生活方式"或"精神因素"方面出问题了。

由于时间关系，今天我不谈生活方式问题，只谈精神因素。有很多的百岁老人，其生活方式可能多种多样，但有一个共同点，就是心胸开阔、心情愉快。所以精神因素对人的健康影响很大，特别是不利的精神因素实在是有害健康。

哪些是不利的精神因素？不利的精神因素一般是指人的负面情绪事件。外国人对这个问题研究得很深，他们对负面情绪事件已做了定量分析，并将各种各样的负面情绪事件对人的身体影响程度，称之为"生活改变单位"。

（三）负面的生活事件对人体的影响力

下面是外国人将负面生活事件对人体的影响进行了量化：

原　　因	影响程度
丧偶、患重大疾病	100
失恋、被动离婚、糟糕的再婚	73
工作压力、失业、退休综合征	57
与上司发生矛盾	45

此表的最高值是 100，最严重的是丧偶和患有重大疾病，它就是 100。

接下来是失恋、被动离婚和糟糕的再婚，这个要占到 73。这说明情感类问题对人的杀伤力很大，如失恋和离婚。一般来说，"被动者"所受的心理创伤自然是大于"主动者"。另外，事实证明，"糟糕的再婚"是一把情绪利剑，直刺受害方的心脏，糟糕的再婚真是苦不堪言。

第三是工作压力、失业和退休综合征。患退休综合征的人，好像是原来当领导的比较多，退休前干的是指挥人的事，如今退休以后，发现连老婆都指挥不了了，于是就浑身不舒服。反过来，你看看，那马路上的退休工人，拿着黄旗子，他绝对没有退休综合征，乐着呢，他一辈子被人家管，现在却能在马路上指挥着"千军万马"，所以他根本不会得什么"退休综合征"。

第四项就是与上司发生矛盾。与同事之间发生矛盾，压力还没那么大，但与上司发生矛盾，这种情况一般是跳槽也跳不了，人在屋檐下，不得不低头，郁闷啊。

我觉得外国人这个量化是很有道理的，反映了负面的生活事件对人体的影响力。我们总结一下，负面情绪的具体表现形式有这么 6 种：焦虑、委屈、抑郁、嫉妒、抱怨和敌意。比如最常见的"焦虑"，大多数人都会发生。但是我们不知道，人经常地"焦虑"，也会直接影响到身体的健康。我曾经听人说，在等公共汽车的时候，车站上总有一些人，当他需要的车子迟迟不来的时候，

以自己生命的生死反思，"病由心生"，情绪长期反复"感冒"，消除负面情绪，让细胞沐浴恩宠，女人可以更健康。

精神杀人，也救人；是滋生百病的土壤，遵守婚姻场中女人的若干要义，

往往会不停地来回走动，表现得很焦虑，看上去神情很不安。这种人哦，十有八九，心血管会出现问题，如血管收缩、血压升高、心跳加快。

说到这里，大家会问：这些负面情绪对身体所产生的影响，我们自身能否消除呢？这个问题提得很好，这就是下面我们要讨论的。

我们知道，每天我们的身体都会新陈代谢，要新生 n 次方的新细胞，但是每天也有 20 个细胞要突变。在正常情况下，我们人体自身有一种自然杀伤细胞叫 NK 细胞，它可以把突变细胞杀死。如果你是处在负面情绪下，那 NK 细胞的活性就下降 50% 以上，你的 20 个细胞就会继续突变。若干时间以后，这些裂变的细胞就会滞留在某个组织内，使机体、脏器发生恶变。

我们看到，凡是心情不好的女性，80% 以上都有乳腺疾病，而这些人群中，乳腺癌变的可能是一般人的 5 倍。中国乳腺癌发病率，以每年增长 3% 的速度在上升。而上海的最新统计，90% 的女性或多或少、或轻或重在乳腺方面都有些问题。

为什么我们有那么高的比例？我觉得除了与上海这个城市的环境、工作压力有关外，还有一个重要的因素就是人的"情绪"。

比方说有一种负面情绪叫"敌意"。很多人说，我没有什么敌意情绪啊！敌意情绪往往是由我们并不经意的"嫉妒、抱怨"而产生的。如果一个人经常有这样的情绪，那它对心脏、血压的影响要大于地震，死于心血管病的概率，60 岁以下的要 50% 以上，60 岁以上的稍微低一点，29% 以上。所以在这样的情况下，我们就得出一个结论：

病由心生，很多病是由心理不健康所产生的。

我设计了一句话叫："长期的情绪感冒，是滋生百病的土壤。"为什么呢？请看图：

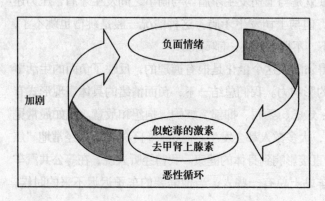

经科学家研究，负面情绪产生以后，就会产生一种像蛇毒一样的激素，这种像蛇毒一样的激素。医学上称为"去甲肾上腺素"。然后这样一来就会加剧负面效应，于是形成恶性循环。

反过来如果是积极的情绪，那么身上也会产生一种快乐的激素，叫"内啡肽"。你身体里的"内啡肽"越多，就越会提高你的积极的情绪，这就是良性循环，那你的整个机体就越来越平衡。即便有了病，自愈力也会增强。

古人说，"水能载舟，也能覆舟"。同理，情绪能杀人，那也能救人。

我们现在就讨论怎样用情绪来救人。换言之，就是自我情绪管理。

（四）自我情绪管理与恩宠细胞

我开始着手研究"自我情绪管理"。请看下图：

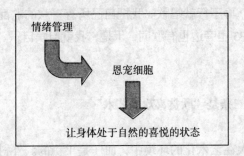

怎么管理？我稍微卖弄一些我自己研究的医学术语，叫"让细胞恩宠"。细胞是在什么状态下才能得到恩宠的？在身体非常非常愉悦的自然的状态下，细胞才能得到恩宠。得到恩宠的细胞，整个人的自愈力才会提升。

我根据自己的体会，也总结了几条，下面就是我的7条恩宠细胞的方法，与大家分享。

1. 恩宠细胞的第一条是"聆听悦耳的声音"

聆听悦耳的声音不光是指听音乐,还包括听大自然的声音。如清脆的鸟叫,它能让人回到那种"小桥流水人家"恬静的意境中;又如海边那轻轻的涛声,它也会使人浮现"天水一色"的美妙油画,顿感心旷神怡。这是听觉与视觉对人的通感作用。

我现在还发现一个问题,听音乐跟"唱音乐"还不一样。某种程度上说,唱歌比听音乐效果更好。我看到一个数据,如果唱贝多芬的弥撒曲,医学研究人员从歌唱者的唾液里检测出来抗体的含量要高于一般人240倍。不信,你们到网上去查,我没瞎说。真的,你看我们日本朋友都笑了(会场上有本次演讲活动的协办单位——日本柯尼卡美能达集团的五六位高层领导),日本人倡导的卡拉OK,就有这个道理。

人是社会的人,不是生活在真空中,我们总会碰到一些突发的不高兴的事件。我给自己的原则是:不高兴的事消灭在3分钟之内。3分钟内还化解不了时,就赶快听音乐,再不行就唱歌。我把自己所有喜欢的歌都放在电脑的MP3里面,电脑的MP3里旁边也有歌词,于是,我就自娱自乐。这种办法很灵的!

2. 恩宠细胞的第二条是"欣赏喜欢的艺术"

医学调查显示:人在艺术化的环境中,血压是平稳的。外科医生还做了一个调查,如果让一个手术后能起床的病人去观赏园林景色,结果伤口愈合的时间大大提前。有一家医院,具体的医院名字我忘了,在外科病房里专门设置了一间盆景室,病房周转率一下子提高不少。

3. 恩宠细胞的第三条是"爱的滋润"

爱的滋润包括两个方面:爱他人和被人爱。这些都属于爱的滋润。

爱的滋润,内容很多,就拿"抚摸"来说。美国人对此有一个研究:一个被母亲抱过的早产婴儿比没有被母亲抱过的早产婴儿,要早出院4天。

日本朋友，我看到你们日本的研究报道：60岁以上的夫妇，如果两个人每天都手牵着手去散步，他们的寿命会延长5年以上。现在很有名气的洪昭光教授作报告时，一直说他跟他的老爱人，每天晚上手牵着手散步1小时。夫妇俩手牵着手，就是中医说的阴阳平衡。然后他还很风趣地说，不要牵错手。要不，麻烦就大了。他说人对肌肤接触的这种渴求，没有年龄限制。而且年纪越大，这种需求越加迫切。

一个外国医生说，所有的健康都与两个因素有关，即"给予爱的能力"和"获得他人无条件的爱"。

4. 恩宠细胞的第四条是"愉悦的回忆或想象"

恩宠细胞的第四条是经常进行"愉悦的回忆或想象"，这点真的很管用。我告诉大家一个小秘密，我连续挨了三刀，躺在病床上，动弹不得时，我望着天花板，进行愉悦的想象，也可以说是做一些"白日梦"吧。

我当时就想：生癌症了，我倒不信邪，只要给我时间，我潘肖珏非得把它正过来，把身体搞得棒棒的，到时候我就到图书馆来演讲。这不，今天我实现了！（台下一阵掌声）

我还做过一个白日梦：我要写一本我康复之路的书。这件事，我目前正在进行。现在已经写到三分之二，两家出版社都有出版的意向。我还想过：我写完中文版后，还要出外文版，到国外去发行，让其他国家的人也看看。因为癌症是一个全人类的问题。现在已经有一家美国的公司在跟我谈。

当人处在绝境时，这些励志的"白日梦"，真的比你吃什么补品都好。因为在编织这些梦的时候，你就忘掉了这里疼、那里疼。虽然心脏监护器有时也会报警，你让它去报，我在想我的书，等会儿它就不报了。我想，大概我的细胞得到恩宠了！

俗话说，"人生之不如意者十之八九"。八九都是不如意的，那怎么办呢？我们总不能一直耿耿于怀那"不如意的八九"吧！好，那我们就去放大还算如意的一二吧！这样会大大地舒展自己的心

以自己生命的生死反思：
"病由心生"、情绪长期反复"感冒"，消除负面情绪，让细胞沐浴恩宠，女人可以更健康。

精神杀人，也救人。是滋生百病的土壤。遵守婚姻场中女人的若干要义，

情。这方面，我是很有体会的。

我这个人的婚姻是屡战屡败啊！两次婚姻都不如意。而我又是个特别唯美的人，所以，每每想到这些，心情就格外郁闷。

自从生了这次大病以后，我开始学会从这些"不如意"的事里，挖掘点如意的故事来陶醉陶醉。比方说夫妻关系是个法律概念，按理来说夫妻关系解体以后，婆媳关系就自然解体。在中国，婆媳关系历来是名正言顺归属于"不如意"的关系。但我却认为，自己不管是做媳妇，还是当婆婆，都很如意。回忆回忆这些，会让我很得意。

我跟孩子他爸（也就是我的第一任丈夫）1991年离婚以后至今已十七八年了。我跟他基本没什么联系，但我跟他妈，也就是原来的婆婆，这么多年一直有良好的互动。她当时说的一句话："当不成媳妇当女儿"，我一直好好遵守着，虽然她自己也有女儿。我们很聊得来，非常投缘。我住院的时候，正值大热天，老太太冒着酷暑，一次次往医院赶。今天送猕猴桃，明天带紫葡萄。出院那天，捧着拔了一天毛的红头鸭子……说"抗癌的，多吃点！"所以有时候我在想，人和人之间的真情，并不需要法律关系的契约来维系，靠的是心和心的一种交换。

今天我也已经当婆婆了，我和儿媳关系也如同母女。

这么说吧，我作为女人，妻子的角色没当好。中国女人很难当好"媳妇"，很难当好"婆婆"，而这两个角色，我自认为当得还可以吧！（会场一片掌声）谢谢！

5. 恩宠细胞的第五条是"感恩一切"

要使自己的细胞恩宠，还要学会感恩一切。

我曾经跟许多病友说，我们说感恩一切。基督教里有两句话：感恩仇人；感恩疾病。

感恩仇人，感恩对手。很多人说，我怎么感恩？我说很简单，没有他，你上进没有动力。因为你有了竞争的对手，你就会产生超越他的动力。

再比方我拿自己的例子来说。我的那位先生在我生大病的时候转身的这件事，现在想想也是应该感恩他的。但在当时，我并没有这样想，而是很怨恨他。

比如吃饭的时候，我好几次下意识地拿了2双筷子，放在他原来坐的位置上。放下后，我才发现，他不会来了，以后我就是这样子吃饭了。当时心情非常不好。我撕碎了他追我时写的日记，从18楼的垃圾筒里扔下去。特别是当接到很多朋友的电话，因为我的朋友、他的朋友都知道他反反复复追我的过程，而现在我得了大病，他倒反而走了？哇，大家一片责备声。放下电话后，我会感到更委屈、更无助，真是一种说不出的味道。我当时如果能够大哭一场就好了。但我是欲哭无泪，哭不出来啊，心里望着两房一厅空空的房子，难受得不得了，整个思绪都乱掉了。

有一天，我去看中医。那位中医教授一看我的脸色，问"不对呀，潘老师你怎么搞的？"我就跟他讲了这个事，他什么话都没说，就告诉我一个例子。他说，有一个病人，也患乳腺癌，但她恢复得很好。突然，两个礼拜后发现转移了。我就问她先生，怎么回事？她先生说，她妈妈死了，她非常伤心。情绪不好，癌细胞就活跃了，进攻了。

我琢磨着他给我讲的这个例子。我明白了，我不能再这么不自拔了。我这是在拿自己的生命开玩笑。

所以我回到家里以后，立马整改。先在吃饭的桌上，把一个收音机放上来，每到吃饭，我一边吃一边听广播，不让自己回忆以往。然后，睡觉的卧室里，我把床调调位置，稍微改变改变环境。慢慢地我觉得这样做还不行。真正从心里彻底放下，必须转换自己的思维方式。

说实在，我对他是应该感恩的。像我那么大的手术，他没有在我术后6天提出来走。如果是在6天后提出来走，我咋办？我也只能让他走。所以我觉得在这一点上我应该感恩。他毕竟陪我度过了我最艰难的时候。他比我大10岁，他也有力不从心的时候，他当然也应该为自己考虑考虑。我没有理由要求人家：毫不利己，专门利人。有人问我，你们现在还联系吗？我想不要打扰人家新的生活。但是在心里，我还是很感激他的，而不是恨他。记住一个人的好，总强过记住一个人的非好。只有这样，我才能恩宠细胞，才能更快的康复！

再比方说感恩"疾病"。很多病友都说,"恨死了,怎么这么倒霉,生了这样的毛病,怨死了!"我说,你们不要恨,你越恨,身体的反应就越大。"恨"的情绪会使你血管收缩、血压升高、心跳加快,整个内分泌系统、整个免疫系统都破坏了,癌细胞就有机可乘了。于是她们反问我,"难道还要我谢谢它?"我说,"对!谢!"因为没有一种疾病能比得癌症更能反省人生的。只有得了这个病,我才彻彻底底地自我反省了。我把自己整个的人生都翻个个儿在想:为什么人家不会生,而我会生?肯定是我处事的方面,或生活方式上面有问题。

我有时候会和疾病对话:"嗨,你饶了我吧,你已经教训我了,我知道了,我肯定洗心革面、改邪归正、饶了我吧。"用这样的心情对待疾病,也是让自己细胞恩宠的一种方法。所以,我喜欢采用"战胜疾病",而不用"战胜病魔"的说法,其理由就在于此。

我认为,你真的想把自己整个行为改过来,就是这么点点滴滴的,所有的东西都要梳理一遍。

6. 恩宠细胞的第六条是"干自己喜欢的事"

第六条是"干自己喜欢的事"。喜欢的事就是自己的兴趣所在,干自己有兴趣的事,心情肯定是非常愉悦的,这当然对身体很有利。

我想讲一个案例,这个案例就是我今天演讲开始时说的,我在情绪最低谷的时候看到的这个案例:一个法国女孩得了宫颈癌,动了8次手术、7次化疗,人都快撑不住了,她想自杀。有一个朋友问她,你最喜欢干什么?她说,我最喜欢在自己家乡的湖面上划船。那个朋友说,"好,咱们出院吧!"她出院以后,那个朋友就陪她划船。刚开始,她只能由人扶着坐在船上,慢慢慢慢地她能自己坐了,然后,她试着自己划。每天都坚持划,从半小时到1小时,到几小时,后来,她划得越来越好。两年以后,经检查,身体的所有指标全部正常。她终于康复了。最后她得了1996年世界女子划水冠军。这是洪昭光到处讲的一个经典案例。

我在最苦闷的时候,看到报纸上的这个案例,我突然觉得,我还没有到那个法国女孩的地步,我为什么要趴下?或许,我也可以去干一些自己喜欢的事,也能康复起来。于是,我调整好了心态,我很从容地接受了第三次手术。

7. 恩宠细胞的第七条是"要坚定一种信念"

第七条是"要坚定一种信念"。心理学家说，信念是人类文明中被疏忽的最强大的部分。我认为，要让自己的细胞恩宠，就要树立一种坚定的信念。

"信念"运用在政治上，就会出现江姐，也会出现甫志高。江姐是因为她坚定一种信念，支持了她不怕死；甫志高是他动摇了曾坚定的信念，而不是因为他相信国民党，他动摇了信念，所以他就怕死，那就只能成为叛徒了。"信念"在宗教上也是这样。"9·11"事件中那个劫机者，难道他不知道珍惜自己的生命吗？但一种宗教的信念指使他必须这么做。医学上也是这样，信念会调动自身的免疫细胞，增强自愈力。这种病例太多了。

请大家看这个日期：2007年9月12日，美国《环球时报》有这么一个例子我想拿出来和大家分享：旧金山有个11岁的女孩叫安琪，得了一种怪病，是神经系统方面的问题，情况是越来越不好了，医学上判定是终身瘫痪。于是她进了一个康复医院，那个康复师非常好，每天早上给她做2个小时的理疗，而且帮她做理疗的时候就对她说："安琪，医生给你做完理疗，你回到床上就想：'我就马上会动了，我会站起来了，我会出去跳舞了。'"11岁的安琪蛮听话的，她躺在床上想，天天如此。

有一天，安琪突然感觉床动了，一会发现房子也动了，还发现走廊里面一片嘈杂声，半小时以后，医生进来了，小女孩说："医生，我会动了，我会动了，真的，床也动了，房子也动了。"医生非常爱护她的说法，说："是，你再坚持想下去，你就真的马上会好起来的。"其实刚才是旧金山发生地震，但是医生不想告诉她，这是地震，而是告诉她就是你想了之后，你才动起来的。在这种信念的支持下，没过几年，这小孩就真的能坐起来，能走、能跳了。这是一个非常好的人文医学的案例。

"大脑决定健康"，这种说法，一般是要经过很长一段时间才能起效果的。如果是短时间，有没有这么好的效果呢？

以自己生命的生死反思，"病由心生"，精绪长期反复"感冒"，消除负面情绪，让细胞沐浴恩宠，女人可以更健康。

精神养人，也救人。是滋生百病的土壤。遵守婚姻场中女人的若干要义，我们再看一个案例：一个旅馆里面，住着两个人，其中一个人有哮喘的病史。一天晚上，那个有病的人突然感到胸闷。他对另一个人说，"老兄啊，你赶快去开窗，我闷死了！"那老兄摸黑爬起来，就去开窗，不知道窗子的插销在哪里，怎么也打不开。床上那个人说，"你快一点快一点，我憋死了！"那人想救命要紧，拿起旁边一把椅子，先把窗户敲碎了，空气进来再说。"哐！"玻璃被砸碎了。床上睡的那个人说："好舒服，好舒服啊。"慢慢的两个人就睡着了。第二天早上起来一看，那窗户好好的，没砸碎啊。原来昨天敲碎的不是窗子而是穿衣镜啊。

我觉得奇怪了，这不是暗示，这是明示呢！

（五）激发自身的神性

有人曾对我说："潘老师，你真不容易，得了那么大的病，你还这样乐观。"我说，不是我不容易，其实是每个人都会做到的。因为每个人身上都有一种神奇的力量，叫"神性"。请看下图：

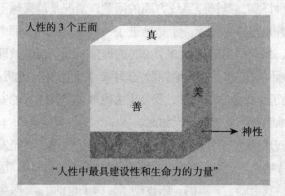

我们说人性有6个面，前3个面是正面，叫真，善，美；后3个面是反面，叫假，恶，丑。这6个面构成整个人性。而人性的最底层就是"神性"。

而这个神性是人性当中最具建设性和生命力的力量，问题是看你有没有能力把这个神性挖出来。有人说，你教教我怎么挖法？我认为，只要热爱生命、敬畏生命，神性就能产生出来。于是，他又说，你这个教授语言我们听不懂，什么叫热爱生命、敬畏生命？

我给他通俗性的9个字：不怕死、不想死、不会死。首先是要不怕死，一怕死吧，完了，整个人就瘫了下来。当然，但凡精神正常的人都不会想死，所以我也不想死，既不怕死，也不想死，我就要想尽各种办法，用各种疗法来挽救自己的生命。我刚才说我主要用的是中医疗法和自然疗法。其实中医疗法不仅仅只是指服中药，我的中医疗法，在我的书里都有详细叙述，它还包括中医的推拿、中医的针灸等。我的腿上灸的就是"化脓灸"。西医叫病人打干扰素，干扰素还有副作用呢，我的"化脓灸"是没副作用的。它极大地激发自身的免疫功能。我的这些做法就是"不怕死、不想死"。

当知道自己患癌症的时候，没有一个人说，这很开心啊。其实，我足足提前20年直面死亡。我那时候才55岁啊！现在，人的寿命70几岁不算很长嘛。

我先把死想透。"死"是自然现象，世界上只有一件事情是公平的，你是巨富也好，是乞丐也好，只有死是公平的，凡人皆会死的。所以，面对死亡，你心里不该不平衡。

再说，像我有这么多基础疾病的人，如果碰到"非典"必死无疑。这不我现在，也多赚了几年了嘛！1996年我到温州去讲课，那个飞机起落架降不下来了，每个人紧张得要命。如果那次飞机失事，我不早就完蛋了嘛！

把死想透了，就会把死安排好。我既然生了这个病，我也要做两手准备。我把家里的人叫来，向他们一一道出我的安排。第一，我一出院，先去红十字会，我把眼角膜捐掉，人死了以后可以留两道光明在人间，这个很有意义；第二，万一有这么一天，我要将现在的殡葬仪式来个革命，什么都不用安排，直接送该送的地方，一个物质转化为另外一种物质，什么都不要了，连什么海葬，都不要了。好，从此我再也不讲了，到时你们就"按图施工"吧！

接下去我就想自己该如何坦坦然然地活了。我就开始认真地研究我的病，研究我怎么治疗。我觉得越是这样大概就越是不会死。

我现在手里有一些病友的信息。什么地方来的呢？是上海市疾控中心介绍来的。疾控中心的医生对我们这种病是要随访的。她第一年来随访，第二年来随访，她非常吃惊，说："你活得这么好，这么滋润！"她心里知道我这种乳腺癌的凶险性。我想大概死去的乳腺癌病人多数是我们这种。后来她听了我的整个治疗方案，觉得很有道理。于是，就问我愿不愿意公开你的电话号码？我问："向谁公开？"她说："向跟你得一样病的人。"我说"愿意"。所以她介绍了许多HER-2强阳性乳腺癌的病人，我成了她们康复的指导老师。

我发现，介绍过来的人怎么病情都比我轻啊，都是腋下淋巴结没有转移的。我下意识地说："是不是比我重的或和我一样的都死了？"她没有回答。当然，我也不想要答案，没有意义。我给自己的座右铭是4个字：活在当下。当下就是生命，活一天就开开心心地过一天。

我这个人和别人不一样，我生病要生得清清楚楚，明明白白。我生病以后的任何一张化验单，我都要研究半天。另外，我的中医处方，从第一张到现在我都装订成册，我把它当课题仔细研究，什么时候医生会开这个药，什么情况下他开那个药。我给自己几个字：明明白白患病，认认真真治疗，开开心心生活，轻轻松松工作。少做点很轻松的工作，对康复有利。这样才能把身体里面自身的神性激发出来，这种被激发出来的神性，是人在常态下难有的坚韧和活力。

（六）婚姻场中女人的身心健康

我们现在谈的另外一个话题是：婚姻场中女人的身心健康问题。最近我看到，2007年7月美国医学界公布了他们的最新研究成果，发现离婚的女人更容易得病。刚离婚的二三年内，有70%的女性有心理问题；到离婚10年以后，将会有37%的女性会发生许多身体疾病，包括癌症。不过我倒是觉得中国的情况可能超出这个比例。真的，刚离婚2年，不是说70%的女性，如果女性是被动离婚的，估计将近90%以上有心理问题。

所以我以生命的代价反思：女人应该如何对待自己在婚姻场中的身心健康问题。

1. 婚姻场中女人的第一要义：女人不要太哲学、太理性

我思考了几个问题和大家讨论。

婚姻场中女人的第一要义：不要太哲学、太理性、太有思想。

这个问题是怎么来的？大家知道作家周国平吧，他曾公开说："哲学不属于女人。"我想：这句话什么意思？他是在女性讲座上讲的，而不是在哲学会议上讲的。那我估计他的说法有一定的代表性，说明男人们都不大喜欢太哲学的女人。后来我想想也是有点道理的，因为女人如果在职场中很有见识，很能干，一般来说，男性也是会很欣赏的。但在婚姻场中，女人如果太理性、太哲学、太有思想，男人会觉得很可怕，你的眼睛像 X 线一样，什么都给你照清楚了。

我曾经和许多女人谈论过这个话题，她们说，女人在婚姻场中就是要表现得"简单中的单纯"，或"单纯中的简单"。我认为，实际上就是"大智若愚"。

2. 婚姻场中女人的第二要义：要把握好示弱和逞强的时机

我告诉大家一个例子。宋丹丹在杨澜采访她的时候说的一个小故事，我觉得很有意思，今天我就把它批发给各位。

宋丹丹说，她跟英达离婚以后，再婚了。再婚后非常幸福，丈夫爱她爱得不得了。有一次，她将出差，丈夫给她整理行李，发现箱子太小了，就想再换个大箱子。宋丹丹在旁边说："怎么会放不下呢，肯定放得下，你看我，我就能把它们放下。"于是，宋丹丹就亲自动手，挤呀挤呀，满满一箱子。而后，关上箱子。当她很得意地回头向她丈夫示意的时候，突然发现丈夫一脸的不高兴。正当她纳闷时，丈夫却很认真地对她说："你剥夺了人家享受幸福的权利。"宋丹丹想:哎,这下有事了。后来丈夫晚上就跟她说，为爱的人哪怕做一点小事，都是一种幸福，我想帮你整理一下箱子，你都不给我这点幸福的权利吗？后来宋丹丹就反思了，她说："这是我的问题，我管它大箱子小箱子呢？不就是个箱子嘛，我干吗那么较真呢？"

还有一个例子，是"李连杰女友的一句话"。李连杰到香港去闯天地，办公司，差不多要输得精光了。李连杰一脸的沮丧，但他女友跟他说："没事，大不了倾家荡产，还有我呢，我养你。"

这两个例子，正好是婚姻场中女人的两端：该示弱的时候要示弱，该逞能的时候要逞能。我在想：女人在大事面前表现出来的坚强，有时候会超过男性。但是如果事事都好强，样样都能干，未必是爱情的福音。所以我就觉得婚姻场中女人的第二要义，是要把握好"示弱"和"逞强"的时机，千万记住：和老公吵架不要赢，那才是女人的一种爱和智慧。

3. 婚姻场中女人的第三要义：爱是一种选择，而不是一种义务

婚姻场中女人的第三要义是：爱是一种选择，而不是一种义务。这句话的理解是：如果我是女人，我们应该说爱是一种选择，这种选择不包含必须改变对方的义务，于是我就不能要求丈夫，你应该怎么怎么做。"怎么做"，这是他的考虑。因为爱是一种选择，而不是我对他的一种要求。

在婚姻场里，我们只能"习惯你所应该习惯的，接受你所应该接受的"。尽管这些"习惯"，你原本并不习惯；这些"接受"，你原本也并不愿接受。但因为你选择了他，你就应该在认知层面上倒过来，成为你应该习惯的、应该接受的。

而生活中的我们，往往是：你非常非常地爱他，但你又无法容忍他的种种"不是"。于是想尽办法改造他。而他又不那么愿意被改造。于是乎，矛盾迭起。你就会陷入深深的痛苦中，甚至身心疲惫。与其这样，还不如习惯他、接受他，逐渐逐渐达到互相同化的境界吧！

我们常说，婚姻有 4 种状态：第一是"可仪"状态；第二是"可以"状态；第三是"可忍"状态；第四是"不可忍"状态。

除非你的婚姻真的是处于第四种状态，不可忍了。那当然另当别论，你另作选择吧，也不要互相折磨，赔了身体。

4. 婚姻场中女人的第四要义：打死也不说的一句真话

婚姻场中女人的第四要义，我觉得有一句话，就是打死也不说的一句真话……是真话，但是我觉得当今的女人打死也不能说。

今天下面也有男人在听讲座，那我们就暴露给你们听了。现在很多男人不像以前，他们问妻子，不是问："你爱我吗？"而是问："你离得开我吗？"

你说，现在这社会，谁离不开谁啊！我们有的女性会很直白地说：
"谁说离不开你，我离开你不要活得太好。"这可能是真话，这当
下有的女性确实钱赚得比男人多呢。但是聪明的女人却打死也不
说这句真话。她们心里很清楚，我就是离得开，也说离不开你。
给男人一点做男人的感觉嘛！所以，我的结论就是：婚姻场中的
女人不要表现得太独立。请注意，我在"表现"这两个字下面加
了着重号。因为当今的女人在这个方面确实很独立，但是我们不
要在自己的男人面前太过于表现，这是"妻子"这个婚姻角色所
赋予的一种内涵。

5. 婚姻场中女人的第五要义：要学会反思

婚姻场中女人的第五要义，我觉得我们要学会反思。不会反
思的女人是不会进步的。

我们现在是个价值多元的社会，情感领域中会出现太多的各
类现象。比如，第三者现象。这里我想与大家分享一个真实的故
事。这是我患病以后在媒体上看到的，我曾经跟很多女人都谈过，
非常地有深度。

在陕西的农村，一对夫妇，男的是高中毕业生，在农村高中
毕业是很了不起的。婚姻是父母介绍的，就这么认识了。平平淡
淡地过日子，日出而作，日落而归，生儿育女十几年。将近20
年就这么很太太平平地过着。后来改革开放了，男的到外面去打
工了。男的遇到了一个非常心仪的、很谈得拢的、很有思想交流
基础的女性。于是，他也就不太回去了，然后电话也打得越来越
少了。家里的那个女人心里很明白，女人的第六感觉嘛！尽管是
农民，她当然也有敏感度。但她不声不响，一如既往地照顾男人。
你回来也好，你不回来也好，都是这样。

到了一个时机，那个男人找他妻子谈话。他说："他妈，今天
我想跟你说件事，咱俩十几年过得咋样？"其实那个女人心里很
有数，她说："他爹，你说吧。"

那个男人说："我们两个人过得平平淡淡，从婚姻角度来

说……"

女人打断他，叫他不要讲大道理，有话就直说。于是，他说："其实这十几年来，我们只有过日子，而没有那种心理精神层面的交流。以前小孩小，现在小孩也大了。"

女人要求他直截了当地说。他说："我想咱们是不是分手吧，家里所有的东西都给你，你看行吗？"那个女的就问他："你定了没有？"

男的说："定了"。再问他，你是不是外面有人了。男的很老实地告诉她，我有了一个怎么样怎么样的女人。

女的听完以后，不哭不闹。冷静了少许，说："好，我同意。"停了几秒钟后，那个女的说："他爹，我非常地感谢你，这十几年来你那么痛苦，那么委屈地陪着我们娘三个人，我真的很对不起你 。10多年了，你都是这么苦着自己。你现在找到幸福了，你走吧。家里的事，有我，你别惦记。"

那个男的一声不吭。又过了几秒钟，女的说："我不懂手续，你说咋办就咋办。"

然后又说："我给你两句话，你的胃不好，不要饱一顿饥一顿的；你烟抽得太多，这对身体也不好。"说到这个时候，那个男的忍不住了，大哭。他不是抱着自己妻子哭，而是抱着自己的头大哭。女的拿了一块手巾给男的，让他擦眼泪。然后又说："你在外面如果过得不好，咱家这大门永远给你开着。"

故事的第二段，那个男人就和他心仪的女人结婚了。故事的第三段是若干年以后，这一对为爱情而结合的夫妻分手了。故事的第四段是那个男人又回到了结发妻子身边。

我阅读了这个故事，我就自然联想到自己。自我吹嘘一下吧，我也可以说是著作等身了，但我在这个故事的女主人面前，却是如此的渺小，如此的浅薄。

我反思自己的第一段婚姻。我第一段婚姻的解体就是我把最喜欢的学生带到家里来，而慢慢慢慢地，学生跟我先生对上了，结果我的婚姻就瓦解了。那时我才40岁，多没面子啊，我怎么被学生"PK"了。然后，我吃饭也掉泪，睡觉也掉泪，整个人一塌糊涂。就那个时候得的心脏病，一直到现在。

这个故事让我反思自己：我这段婚姻的结局不应该去怪人家，夫妻两人出现这种情况，很清楚，这个婚姻肯定是有裂缝的，甚至这个裂缝已经大到能够让别人插足的地步了，难道就没有我当事人的问题吗？

　　所以我觉得婚姻场中的女人要学会反思，学会反思就会让自己有长进，更成熟。

　　最后，我们谈谈女人的身、心、灵。身，就是身体；心，是指心态、心理；灵，是灵魂，是思想，是精神层面的。这三者的情况有时是互为因果的。思想观念的提升会带来心态心理的转变，心态心理的和谐，当然会让自己的身体越来越健康，这就是一种非常好的良性循环。

以自己生命的生死反思：
「病由心生」，情绪长期反复「感冒」，
探究负面情绪，让细胞沐浴恩宠，
女人可以更健康。

精神杀人，也救人。
是滋生百病的土壤。
遵守婚姻场中女人的若干要义，

十七、道法自然，如来

——把握生命的主动

人的生是以"死"为照的，
而死，却并非是"生"的对立面，
也可以作为生的一部分永存，
比如"书"。
我，知足了！

1年1次的 PET/CT 检查报告，是我的一张生死判决书。

每每 PET/CT 检查的前夜，我还是要依靠安眠药来帮助睡眠的，毕竟检查的结果将会导致阴阳两界的走势。

过去的一年，我有许多战友，尽管她们还都那么有水性的情爱和充盈的母爱，还都那么眷顾这个世界，但"无情与残酷"还是让她们相继牺牲在了路上。

这真让我非常非常的痛，并郁闷着。

2008 年 5 月 5 日的 PET/CT 检查报告：我是安全的。我又赢了1年！我快满"3岁"了。

当今医学对乳腺癌的治疗效果高于其他癌症，这是事实。但对我们这类 HER-2 强阳性"王中之王"的乳腺癌，能安全熬过3年的却是少之又少。这两年的亲眼所见证实：HER-2 强阳性的乳腺癌，医学上"只有一两年"的预言，不是空穴来风。

"众人皆醉"了，我侥幸还醒着。醒着的我，下一年，将干什么？

赢来的生命，小心掰着用。

PET/CT 的检查，理论上有效期是1年。所以，它批准了我做"生命年度计划"的权利。

下一年的生命：继续研究并传播健康之道和学古筝。

永远是"计划内"的就是读书。

一个人：年轻时需要读点文学书，中年时可以读些哲学书、历史书。而今，经历了大灾大难的我，即将跨入老年了，是到了该读一读久违的佛学书了。

让佛学，抚平创伤；让佛学，宁静心脏；让佛学，净化血液；让佛学，舒理脾胃；让佛学，强健骨骼。

佛学里有很多人生智慧，细细品味，努力践行，她能让你享用一生。比如，人间佛教现代律仪中有一条：人应该把握时间，善用空间，和谐人间；三间一体，人生不空过。

"时间如何把握，空间怎么善用，人间何谓和谐？女人的'三间一体'该是啥样？"我将这一命题，思考了一个暑天，并记下了自己对这些问题的所思所想。

秋风送爽的一天，我怀揣着这一主题讲课的 PPT，北上首都图书馆，向我的北京女性朋友，交流自己新的感悟……

我先讲讲"把握时间"。

女人怎么把握时间？从宏观上讲，这是女人的生命观。女人必须替自己把握好几个人生的时间节点。这个时间节点，从 30 岁开始，每 10 年算一个节点。每个时间节点内，有它必须完成的"女人经"。如果"过了这村，再要这店"的话，错位就发生了。而一旦错位，那你就要为自己的人生"错位"付出代价。所以，女人们要认真规划的是这样一张时间表：

30 岁之前我必须干什么，

40 岁之前我应该干什么，

40 岁以后我不能干什么，

50 岁以后我不该干什么，

60 岁以后我决不想什么，

70 岁以后我应该是什么。

30 岁之前，女人必须干的事是"修炼"。

修炼什么？

第一修炼气质。一个女人，漂亮不漂亮爹妈给的，先天的，无可奈何。但一个人的气质却完全是可以后天修炼的。

第二修炼内涵。内涵包括言谈举止、文明礼仪，以内养外。没有内涵的女人，犹如一碗没有内容没有调味品的清汤，淡而无味。

第三修炼性格。修炼阴柔的"若水"性格，因为"女人是水做的"。

第四修炼脑袋。不修炼脑袋，就没有灵气。没有灵气的女人，不是一个美丽的女人。

30 岁之前一定要把这 4 点修炼好，因为这是我们女人以后安身立命的资本。

40岁之前，女人必须干的事是"布局"。

布局什么？想结婚的结婚，想生孩子的生孩子，想丁克的丁克，想当快乐单身汉的就当快乐单身汉……都可以，但就是要把"局"布好。

40岁以后，女人不能干的事是"拼命"。

中医认为，40岁时，人的五脏六腑都强盛到了极点，所以就开始衰弱了，特别是女人。40岁以后，皮肤开始松弛，脸面的光泽开始减退，有人连头发也开始斑白了。所以，女人更应该"四十而不惑"。

"不惑"什么呢？——"不拼命"和"不追求卓越"。

如今的职场女人，与男人同台竞争，同场拼搏，还或多或少地要完成"相夫教子"的岗位职责。身心疲惫到让今天的白领女性，更年期足足提早了5年。

看看法国女人，40岁时她们是集体过生日的。为什么？为的是提醒自己：我40岁了，工作不再是为了生活，工作应该是一种享受了。你看人家多善待自己啊！

中国女人，觉悟吧！

50岁之后，女人必须干的事是"静心"。

心静，则万物莫不自得。

中医还认为，女人40岁的时候，开始的衰老还是外在的衰老，而从50岁开始，是真正的衰老，从五脏开始衰老了。女人是以"7岁"为周期的，"七七四十九"，这时才进入真正意义上的"多事之秋"——更年期。

这个阶段的女人，很容易失眠。

美国一项针对女性的最新研究表明：如果女性平均每晚睡眠时间不足7小时，那么她患癌症的概率会比每晚保证充足睡眠的人高47%。

佛教云：淡漠以清心，日日是好日。

我给大家4个字："随遇而安"。

人的生是以"死"为照的，也可以作为生的一部分永存，而死，却并非是"生"的对立面，比如"书"。

我，知足了！

万一实在睡不着，宁可吃一粒安眠药，也不要硬挺到天明。不然，不仅会加快自身"机器"的折旧速度，还会产生更可怕的结果。

曾经有一位男士说，你们女人50岁就不想大干了，这么早。我说对，你看，45岁的女人叫"徐娘半老"，而45岁的男人却是"魅力男人"。这就是女人和男人的差别。

60岁以后，女人应该是"看风景"：看自然风景，看人文风景，看艺术风景。

看自然风景，让我们心旷神怡，趁自己腿脚还利索；看人文风景，让我们回味人生，趁自己头脑还清晰；看艺术风景，让我们陶冶情操，趁自己思维还敏捷。

"看风景"的女人，最不应该想的是什么？

我给大家讲个故事。

30年前，一座小镇上，沿街住着一位六旬老太。她经常手捧一把茶壶，坐在家门口看来来往往的行人。一天，一个商人看中了老太手中的这把茶壶，想以10万元的价格买下它。30年前的10万元人民币，天价啊！当他说出这个数字时，老太先是一惊，后又拒绝了。因为这把茶壶是她家的祖传。

虽没卖壶，但商人走后，老太开始失眠了。她会自觉不自觉地起身，看看茶壶是否安在。她有点想不通，一把普普通通的茶壶，现在竟有人要以10万元的价钱买下它。

老太的一些邻居，知道她有一把价值连城的茶壶后，总是拥破门，有人甚至开始向她借钱。她的生活被彻底打乱了。这，让她非常不舒服。

当那位商人带着10万元现金，第二次登门的时候，老太再也坐不住了。她招来左右邻居，拿起一把榔头，当众把那茶壶砸了个粉碎。

一锤定太平！

老太又恢复了往常平静的生活。据说她还健在，今年已经90多岁了。

60岁以后的女人，最不应该想的是什么？

答案：想发财。

现在的70岁女人，已不是"古来稀"年代的人了。

但从养生的角度，还是应该"看破放下，清静自在，于静处品人生"。进入《老子道德经》中所说的"致虚极，守静笃"的境界。完全应该以一种虚空的心态，去守静与守笃。"守静"就是守住安静的心情；"守笃"就是守住实在。

我的这些"女人生命观"，是我学习佛学后得到的一种感悟。每每演讲这些内容，很能引起女性朋友的共鸣。有一位60多岁的女性，听完我的课，激动地对我说，"明天我就去辞职！"我对她说，你还有几个60岁啊，回归家里，于静处品品人生吧！

对女人来说，什么是福？"明白了"就是福。明白了，就知道该怎么做了。

但女人往往是明白了，却已经人老珠黄了。

所以，女人应该早觉到悟到，早得益啊！

我再讲讲"善用空间"。

空间是环境。人与环境的关系，中医提倡"天人合一"。

"天"（自然界）有风、寒、暑、湿、燥、火6种气候变化。人必须顺应"天"的变化来安排我们的衣食住行，"道法自然"。而不能逆向操作，简单机械地认为"人定胜天"，特别是冬天不能与"风寒"拼筋骨。

中医讲：血得温则行，血得寒则凝。只有注意防寒保暖，气血才能运行通畅。

法国女人是全世界最浪漫最时髦的女人，也是全世界体质最差的女人。她们绝大多数都患有关节炎，因为她们在大冷天都喜欢穿短裙。

我多讲讲"和谐人间"。

人间有3种情感，爱情、亲情和友情。而爱情是女人永恒的话题。

一个男人和一个女人相识、相恋，最后相爱了。它的逻辑起点，我想来想去，无非是4种：

第一种是喜爱。这是一种"一见钟情"的爱。漂亮的外貌，对人是有很大的视觉冲击力，爱美之心，人皆有之。由这样的起点而产生的爱情，具有审美意义。

第二种是怜爱。怜悯、同情也会产生爱。由这样的起点而产生的爱情，具有人性意义。但能持续多久，很难说。

第三种是恩爱。恩爱绝对是互动的，没有一种恩爱，只是单方面付出的。恩爱历来都是你敬我一尺，我敬你一丈的。由这样的起点而产生的爱情，具有互动意义，而且往往是天长地久的，因为根基夯得很扎实。

第四种是敬爱。敬爱的基础是欣赏，不是一般的欣赏，而是欣赏到崇敬、崇拜。"敬爱"的最高境界是互相欣赏，甚至互为"粉丝"。由这样的起点所产生的爱情，具有偶像意义，两人相敬如宾，互相映照，是一幅浓浓的、很耐看的山水油墨画。周遭这样的爱情，不多，所以，也就很经典了。这也是如今社会上的"白领剩女"们所向往的爱情。

"白领剩女"，她们大多是这样炼成的：

一是足够的独立，无论经济还是精神，不需要仰仗任何人，包括个性；

二是对自己很自信、很满意；

三是看透婚姻与家庭，不过如此；

四是找不到能让我"敬爱"的，宁可不嫁。

"白领剩女"的爱情观，不无道理，符合"宁缺毋滥"的真理。

"白领剩女"们说：

爱本身就是一块领地，它有自己的绿阴、小道和房屋，甚至有自己的太阳、月亮和星辰。爱情是两个人的事情，而婚姻是一群人的事情。

爱情是花前柳下，蜜而不腻；婚姻是一地鸡毛，闻风而飞。

所以，爱情和婚姻不是一回事，不要硬性延续。

"白领剩女"的婚姻观，不全无道理，符合"现实主义"的标准。

我们不讨论婚姻究竟是不是爱情的坟墓，只探讨进入婚姻的女人，如何用佛学思想来和谐婚姻中的"一地鸡毛"。婚姻中的"鸡毛"，一旦满天飞舞，置身于其中的我们，将会怎样呢？

最近几年日本厚生省人口调查结果显示：夫妻不和，经常吵架生气的婚姻，女人容易得乳腺癌，男人容易患心血管疾病和溃疡病。

美国的调查结果是：凡是乳房外侧的乳腺癌患者，绝大多数都曾有情感问题发生，或有离婚经历，或有夫妻不和。发病前的潜伏期为9~10年。

我惊呆了，这两个调查，跟我自身的情况非常非常的吻合。

我好奇地着手调查我本子里的乳腺癌病人：12例外侧患病的，有情感问题的有9例，比例为75%；还有10例是内侧患病的，有情感问题的只占2例，比例仅为20%。而且发病前的潜伏期基本都是9~10年。中国女人的情况，再次验证了日本人和美国人的调查是对的。

后来我学了中医，找到了乳腺癌这一患病的原因：人体有12条经络，其中有6条经络跟乳房的健康有关，而"心包经"和"脾经"是走乳房的外侧的。这两条经络与个人的情绪波动密切相关。

推理终于成立了：情志致病。

我之所以能在自己55岁时培育出一个乳腺癌，现在看来，我的两段婚姻是"功不可没"的。

这也是我著书立说，演讲传播的理由：

告诉天下的女人，时刻注意调整自己的负面情绪，这样我们可以少得病，不得病，或起码可以不得大病。

婚姻中的女人，对待那"一地鸡毛"，我告诉姐妹们，头脑里要有一条逻辑链："我生气我会不快乐——我不快乐我就会生病——所以我就不应该生气"。

但凡是人都有"生气"的本能，于是，我给出一副对联：

不会生气是傻瓜

不让生气是高人

横批是：傻瓜只做3分钟

3分钟以后你就应该明白，再生气我那每天20个裂变的细胞就修复不了了，就要得大病了。

我们容易固执己见，于是就将自己的思想形成一道墙，而佛学则是这道墙的门和窗。所以，我们必须推开门，打开窗。

人的生是以"死"为照的，他可以作为生的一部分永存，而死，却并非是"生"的对立面，比如"书"，我，知足？！

禅者眼中，万物皆美！

佛学教我学会"反思"。

我向3年前转身离我而去的伴侣发了一封e-mail，倾吐了自己"反思"的5个阶段。

第一阶段：我同意您离开，因为我患的是大病，生死未卜，执意让您留下，未免太自私。

第二阶段：一旦您真的离开，我突然感到空前的无助、无尽的委屈。知道您此次离开非彼此离开，真的是永远离开了。爱与恨交织着。怀着如此的心情生活，让原本虚弱的身体更每况愈下。

第三阶段：为了活命，我进行人性反思，努力寻找您离开的合理性。您当时身体也有疾，年龄又大我10岁，为自己考虑一点，完全合情合理，完全符合人性。我为什么不能宽厚待人呢？

第四阶段：我学了佛学，懂得感恩一切。包括对您的感恩，感恩您陪伴我度过了最艰难的时刻。我们生活的10年中，总是您照顾我的多。所以，从那时起我开始不恨您了。

第五阶段：这是我最近的觉悟——反思自身，让自己进步。之所以让您最后选择离开我，可能也因为我身上有诸多的不是，让您不值得选择为我留下。事实上，也不是每一个乳腺癌患者的伴侣都选择转身的。

断绝了两年半联系的今天，我鼓起勇气，主动向您发邮件，告诉您：我的思和想，让您释怀！

这封e-mail发过去以后，3年的坚冰打破了，我们现在能通话了，能互相问个好，"化干戈为玉帛"，大家不互相仇恨。

静坐常思自己过，闲谈莫论他人非。

我觉得我们千万不要忘记眼睛的功能，一个眼睛看别人的好，另一个眼睛要看自己的非好。因为我们不可能是绝对的对，对方也不可能是绝对的错。

我们永远都不能忘记反思，

就像人类永远都需要理想。

佛教讲究"因缘"。不要忘记，我和他是"同体共生"。我宽容了他，实际上也就是解放了自己。

正在热播的电视剧《天道》有一句台词：神即道，道法自然，如来。

这句话，太经典了！将东西方文化的精粹，以一语而概之。

"神"是西方的基督教；"道"和"如来"是东方的道教和佛教。殊教同归，都教导人们要遵循事物的发展规律，按规律办事的人就是"神"，就会一切如愿。

得癌症的人，肯定是在哪个方面，或哪几个方面没有遵循事物的发展规律，没有按理出"牌"。身体里多了不应有的东西，少了该有的东西。于是，你的生命密码就出了大错，乃至患上了这样一种世界级的"极品病"。

我必须深深地反思，尽快循"道"而行。

反思我的饮食方式。

因为饮食方式也是一种"道"，道法自然，病也就可以从口出了。

日本有一个非常著名的医生，他在瑞士一家医院进修。回国后写了一本书，他公布了这家医院对癌症和疑难杂症的成功治疗方案，即诊断用西医，治疗用自然疗法。

第一是饮食疗法。早餐是"胡萝卜加苹果"；午餐主食是黑面包；晚餐主食是马铃薯。搭配的食物有蔬菜、水果、蜂蜜、岩盐（一种矿物盐）、酸奶和坚果。

第二是针灸和按摩。（也就是我们的中医疗法）

第三是冥想。

观照这家医院的治疗，就是目前国际上非常推崇的"自然疗法"。

自然疗法是以天然无害的方式，协助人们从本质上改善健康。它包括饮食疗法、经络疗法（针灸和按摩）和心境疗法（冥想）。

中医历来讲究药食同源。

我们的很多食物既是药又是食品，如山药、红枣、生姜、赤豆等等。

《黄帝内经》说：大毒治病治六分；常毒治病治七分；小毒治病治八分；无毒治病治九分；而饮食治病治十分。

经典著作的经典语录，这让我豁然开朗！

我把所有的食物，包括水果、蔬菜、荤菜、主食，分 3 个层次全部梳理一遍。

哪些食物是抗癌的，哪些食物是抗乳腺癌的，抗乳腺癌的食物中哪些是适合我的体质的。

不同的体质，应该吃不同的食物，这就是"道"，这就是规律。

不同的季节，也应该吃不同的食物，这也是"道"，是"天人合一"的道。

我收集了公认的防癌蔬菜的 20 名"明星"：

熟红薯、生红薯、芦笋、西兰花、卷心菜、花菜、西芹、茄子、甜椒、胡萝卜、金针菜（黄花菜）、荠菜、苤蓝、芥菜、雪里蕻（新鲜的）、番茄、大葱、大蒜、黄瓜、大白菜。

以上排名绝对分先后，防癌能力最强的列在最前，依次后退。根据天气，根据体质变化，酌情挑选，反复轮流吃，搭配吃，吃出健康来。

其中可以生吃的：卷心菜、西芹、甜椒、胡萝卜、番茄、黄瓜、大白菜。

我又罗列了防治乳腺疾病的食品：

（1）水果——橘子、猕猴桃、山楂、苹果。

（2）蔬菜——海带、西兰花、白菜、苦瓜、芋头、大蒜、洋葱。

（3）荤菜——螃蟹、鲨鱼、青鱼。

（4）调料——咖喱、胡椒粉。

以上这些食物，绝大多数都符合中医治疗乳腺疾病"软坚散结"的理论。

但是，不是适合每一个人，那一定要依据个人的体质进行筛选。

"苦瓜、猕猴桃、螃蟹、酸奶"等这些大寒的食物，虽然都是抗乳腺癌的良品，但因为我脾胃虚寒，所以这些食物，对我来说，冬天是禁食的。大暑天可根据自己的舌苔，浅尝而止。反之，你逆"道"而吃，就会让自己的体质"雪上加霜"了。

日本女性和韩国女性，近些年来，乳腺癌发病率急剧下降，究其原因，她们经常吃海带胡椒汤。我将她们的这一食疗方改良一下，并取了一个名字："海带番茄护乳汤"。不仅自己经常吃，还请很多女性朋友品尝。她们一个劲地夸赞："既防病，又治病，还美食啊！"

【海带番茄护乳汤】

材料：海带 120 克，排骨（去肥肉）200 克，西红柿 30 克，生姜、葱、胡椒粉、黄酒。

制作：

第一步：海带洗净浸泡，排骨洗净、沥水。

第二步：将海带、排骨加黄酒和生姜大火煮 15 分钟，小火炖 1 个半小时。

第三步：放西红柿、胡椒粉、盐，不要味精，炖 5 分钟后，加葱花。

海带番茄护乳汤内的"排骨"也可以换成"鳖甲"60 克，效果可能更佳。当然，口味就逊色了。

饮食治病治十分，有的人不相信，说太夸张了。按这样说，医生也不需要了，医院也可以关门了。

要回答这个问题，就让我想起，曾几何时，中西医之间的一番对话。

中医说：肾开窍于耳，肝开窍于目。也就是说，肾亏会影响耳朵，

人的生是以"死"为照的，也可以作为生的一部分永存，我，知足了！

而死，却并非是"生"的对立面，比如"书"。

肝旺会影响眼睛。

于是，西医说，请拿出细胞学和解剖学的证明。

中医不予回答，因为这是两套系统，不属于一个思维模式。

但大量的临床证明：凡是对肾脏有影响的药物，都会对听神经产生副作用。

两年前，西方的医学专家终于发现：人的肾脏和听神经，都是同一个胚胎细胞分裂而生成的。哇，这一来西医和中医终于握手了。

由此可见，我们不要武断地说，"饮食治病治十分"不可能。关键是如今人们对"饮食治病治十分"的很多原理，目前还尚未能够完全认识，包括为什么要提倡癌症患者应"天天生食五蔬果"。

世界上有4种马：

第一种是骏马，骏马只要获悉主人将要出发的信息，就自觉地做好各种出发的准备了；

第二种是良马，良马当看到别的马要走了，它也会马上做好自己出发的准备；

第三种是凡马，凡马是当主人骑在它背上了，自身有了感觉，方才想起来该出发了；

第四种是驽马，驽马是要鞭子抽到它身上了，挨打了，这才觉悟：该拔腿跑了。

做健康人，就要做"骏马"。

不要等主人骑在它背上了，或等鞭子抽到它身上了，才想起"我应该保健了"，到那时，就为迟已晚了。

防患于未来——治未病：未病先防、既病防变、愈后防复。

这就是"道"。

道法自然，如来。

原本，书是写到尽头了，应该打出"全剧终"的字幕了。

可有两个场景和两封信，让我"终"不了。

场景一：上海肿瘤医院乳腺外科病房。

上午 10 点钟，医生刚查完房，病房恢复了安静。

3 床的丈夫，像往常一样，坐在妻子的病床前，手里又捧起《女人可以不得病——我的康复之路》，朗读该书的最后一章"身、心、灵与乳腺疾病"。

他，一个河北石家庄的男人，自从妻子患乳腺癌进病房的第一天开始，他就为妻子朗读这本书，每天读一节。尽管妻子也有阅读能力，但他知道：有丈夫声音的阅读，更能让妻子感到文字的温度。

这种温度，同样温暖到病房内其他 3 位同病相怜的女人。

以上场景，是乳腺癌病人张小姐亲自向我叙述的，作为该书作者的我：欣慰、感动……

场景二：台湾同胞洪先生的上海卧室。

子夜，已近"知天命"之年的洪先生，临睡前习惯地拿起放在枕边的书——《女人可以不得病——我的康复之路》，此书他已看了 N 遍了，但每读每有感有悟，这种"感"、这种"悟"，每每还往深里入：

开始阅读，洪先生为作者的跌宕经历而起伏；再次阅读，又为书中所阐述的道理而信服；后来再读，觉得眼前会出现一些"哲学"界面，令人折服……

以上场景，是洪先生亲口告诉我的，作为该书作者的我：惊奇？！

这本写给女人的书，居然会引起男人重复阅读的欲望？

我始料未及。

讲讲两封信。

一封是中学同学 Ingrid 从温哥华发来的邮件：

潘：拿到你的书第 10 天了，再和你聊聊你的书，不奇怪吧。因为你的书是那种可以随时随地重读的。有时候它在我枕边，有时候在沙发茶几上，有时候在洗手间，反正只要一有空闲，就爱翻看。

说实话，最初我并不看好你的书，不就是死里逃生吧。文人笔下那可怜病人这类事情听多了。再则，我的朋友中出书的不少，看了以后，好像也都不怎么样。我有个朋友写的《一个上海女人的温哥华》，蛮有意思的，但我也只是看一遍就进入书柜了。

你这本书不同，我一直很纳闷，为什么会"十看（目前尚未看到百遍）不厌"，主要原因，你把生病的个人经历与大众的命运联系在一起了。你不是在"晒"自己，而是把自己的经验提供给大众。你的经验和一般人的"坚强"又不同，你有实质的、可用的信息让大家分享。而这些信息，横向、纵向、第三维向，都探讨得非常深。

另一封是"80后"男孩孙晔佳发来的短信：

尊敬的潘妈妈：

看了您的这篇《妈妈当得"不及格"——我对儿子说》的文章，深有感触，而且受益匪浅。您应该发表出来，让更多的儿女受益与感动。因为我们这一代孩子养尊处优，不太理解长辈，您与儿子的故事绝对是两代人之间沟通的润滑剂，您真是一名伟大且合格的母亲。

谨代表我们这一代人向您致敬！

两个场景和两封信，让我沉思：
人的生是以"死"为照的；
而死，却并非是"生"的对立面，
也可以作为生的一部分永存，
比如"书"。
我，知足了！

【附录】媒体评论

一场癌症，挨了"五大刀"，
却使作者投身到真正追求生命智慧中去，
置之死地而后生，
这无疑是具有普世价值的——
假如有一天病入沉疴者是我们自己。

（一）人生是一种态度
——评潘肖珏教授《女人可以不得病》

余明阳

我从 1989 年深圳公关会议上认识潘肖珏教授至今已有 20 个年头了。她在中国公关界中一直被称为"才女"，思维缜密、口才出众、创意无限、亲和力强。没想到 2005 年我调到上海交大工作后，第一次与她联系时，却得知她不幸患上了癌症。这对凡事要强的她来说是多么巨大的打击，真是天妒英才。

在医院的病房里，我见到了患病以后的潘老师，她依然自信、活泼、充满活力。以后的几次深谈，不但打消了我的疑虑，更被她的从容、淡定和成功所感染，而这种情绪直到看到她的新书《女人可以不得病——我的康复之路》后，才转化成一种理性的思考，思考生命，思考生命的哲学。

心境比现实更重要。潘老师的新书中充满着乐观豁达的心境，她用这种心境写书，也用这种心境去感悟人生。每每去她的寓所，总能见到她在与各种各样的访客讨论着各不相同的问题，有大集团的品牌老总；有高校的教授；有投资银行的 CEO；也有刚刚经她介绍而幸福结合的情侣……你很难想象，这是一位大病初愈的人。于是，我想到了人是有气场的，一个优秀的人便是一个好的气场，使其周围的所有人都能感到温暖和快乐。

我知道潘老师的人生历程并不很顺，这不但来自病痛的折磨，还来自于伴侣的转身。那么是什么力量使她能如此拥有快乐的心境呢？我想人生态度一定是重要的原因。她不但坦然面对一切，而且一直在将自己的心得告诉朋友、病友，甚至是那些素未谋面的求助者。公关专家的背景更使她能从容地与医学大师沟通交流，而她的态度每每总能使日理万机的大师们带着惊讶和赞许的眼光来面对她。

潘老师人生的态度来自她的大智慧。她用她的智慧创造出令公关界赞叹的成就，她也用她的智慧在探究医疗领域的全新课题，她更用她的智慧去写新书，启迪人生。

正是如此，当我读完潘老师的《女人可以不得病——我的康复之路》后，掩卷冥思，出现的便是"心境"、"态度"和"智慧"3 个主题词。这不正是构成作为社会人的主轴、主旋律吗？这一切已远远超越了文笔优美、口才出众等表征性的意义，成为用整个身心去书写的人生。

的确，人生是一种态度。

（作者系中国公关协会常务副会长、上海交通大学教授、博导）

（本文发表于《文汇读书周报》2008年4月4日）

（二）生命活力源于自胜
——读潘肖珏《女人可以不得病》

卞权　朱倩倩

《女人可以不得病——我的康复之路》，这是一本奉献给天下女人的好书。"女人可以不得病"？这个命题令天下女人悬思。

古圣哲有言："从死场回来的人，胜读三十年书"。生命存在于呼吸之间，生老病死是每一个人的必然归宿。唯有经过死亡线上震颤的智者，始能大彻大悟。生命的自胜者，不仅开启了对生命的崭新认识，也开掘了生命活力的源泉，进而抵达人生圆满的彼岸。

一场癌症，挨了"五大刀"，却使作者投身到真正追求生命智慧中去，置之死地而后生，这无疑是具有普世价值的——假如有一天病入沉疴者是我们自己。

大病的开悟："自知者明、自胜者强"，面对疾病厄难，"自胜"就成大智慧：坦然地对待生死，科学地治疗疾病，宽厚地送走转身的伴侣，耐心地指导前来咨询的朋友。她为人们写出了指挥生命的成功章范。

这本书是作者的心血之作，也是她策划的"健康cool新女性系列丛书"之一，封底"联合推荐"者的名录中有上海市妇联主席、大学校长、医学专家、著名作家等。他们异口同声的评赞，就更让人对这本书产生"非看一看"的阅读冲动。

笔者连续读了两遍。第一遍，是一口气读完的，竟然歇不下来——深为女作者真实、非凡的亲身亲历所吸引，只是想赶快知道作者命运的结果。虽说是仲春时节，天朗气清，却令人读得心雨纷纷。第二遍，是缓过神来从容而读的，果然是不虚再读。继而又产生了另外一个冲动，快把此书介绍给女人们，乃至男人们—所有渴望健康的人们。书讯在读者群中奔走相告。

作者曾经是中国最早从事公关教育和公关研究的学者之一。大病后切换自己的研究坐标，将全部精力研究并实践着乳腺癌的中医疗法、自然疗法、音乐疗法、饮食疗法、情绪疗法。今天的她，用自己健康的生命打破了医学"只有一两年"的预言，着实让人敬佩。

记得国外有一位大家说过：活得越久，越发觉态度对生命的影响。对一个人来说，态度比事实更重要。它比过去、教育程度、金钱、环境、失败、成功、其他人的言行都重要得多；它比一个人的外表、天赋和技能，更重要。

感谢作者，读你——教会了女人对待生命的态度！患病不可怕，生命的活力源于人的自胜！

（作者　卞权　上海体育学院新闻系教授）

（作者　朱倩倩　上海铁路局机关退休干部）

（三）潘肖珏：女人可以不得病

刘智慧

3月8日，在上海书城的二楼，一本正在由作者签售的《女人可以不得病》引起了众多女性读者的注意，女人如何可以不生病？仔细看这本书，发现副标题是"我的康复之路"——原来这是一位乳腺癌患者现身说法，分析女人因何生病，如何才能不生病？

作者潘肖珏，穿着鲜红色的短夹克，对着每位要签名的读者微笑着，不时会因为朋友的陆续到来而雀跃而拥抱，一点看不出是3年前得了最严重的那种类型乳腺癌的人。潘肖珏事后对记者说，她如今已经处于安全期，这应该归功于对自己的病的研究和探索。

给自己开出"良药"

潘肖珏是位大学教授，被人称为"公关专家"，是中国最早从事公关教育和公关研究的学者之一，著述有 200 余万字。比较让她自豪的有两本，专著《公关语言艺术》出版 15 年中连续再版 4 次；与人合著的《公共关系学》发行量已经突破 100 万册，还获得了"全国优秀畅销书奖"。

在 2005 年 7 月，她不幸被查出患上了一种最严重的乳腺癌，并腋下淋巴结转移。由于有心脏病，她无法承受放化疗。在经历了 3 次大手术后，她没被吓倒，也没被打倒，她开始"向死而生"。

她对记者说，她首先给自己开的"良药"是让自己"阿 Q"，就想："如果赶上 2003 年的那趟'非典'病，像我有那么多基础病的人，在当时是必死无疑的，这不赚了 3 年嘛；又如 1996 年那次去温州讲课的飞机降落时，如果起落架真的一直放不下来，那也可能机毁人亡，这样算又赚了 9 年"。

精神杀人也救人

潘肖珏教授又向记者讲述了她生病后开始思考要做的事情："如果生命进入倒计时，第一件要做的事就是去红十字会，办理捐献眼角膜的手续。早在 10 年前，我就对家人说过这个愿望，人死后，如能留两道光明在人间，很有意思。第二件要做的事情就是转换自己学术研究的坐标，弄明白'乳腺癌'当下最优化的治疗方案。自己正处在一条长长的深深的隧道里，必须尽可能快地找到隧道口。我这个人和别人不一样，我生病要生得清清楚楚，明明白白。我生病以后的任何一张化验单，我都要研究半天。另外，我的中医处方，从第一张到现在我都装订成册，我把它当作课题仔细研究，什么时候医生会开这个药，什么情况下他开那个药。我给自己几个字：明明白白患病，认认真真治疗，开开心心生活，轻轻松松工作"。

她最后谈了她第三件要做的事，那就是想写本书，记下自己

一场癌症，挨了"五大刀"，置之死地而后生。

即使作者投身到真正追求生命智慧中去，假如有一天病入沉疴者是我们自己。

这无疑是具有普世价值的——

生病一路走来的脚印。于是就有了今日这本书的诞生。

在《女人可以不得病》一书中，潘肖珏教授记下了她潜心探究并体验的乳腺癌的中医疗法、自然疗法和其他传统疗法。用她的话说，"我既唱东方红，也唱国际歌，求医也求己"。她还探究和诠释了身心灵与疾病的关系，总结了对自己生命的生死反思：精神杀人，也救人。

她详细向记者解释说："凡是心情不好的女性，80％以上都有乳腺疾病。而这些人群中，患乳腺癌病的可能是一般人的 5 倍。中国的乳腺癌发病率，以每年增长 3％的速度在上升。为什么有那么高的比例？我觉得除了工作压力有关外，还有一个重要的因素就是人的情绪。比方说有一种负面情绪叫"敌意"。敌意情绪往往是由我们并不经意的'嫉妒、抱怨'而产生的。病由心生，很多病是由心理不健康所产生的。我设计了一句话：'长期的情绪感冒，是滋生百病的土壤'。所以我们女性要尽快消除负面情绪，让细胞沐浴恩宠，焕发机体的自愈力"。

跑步进入医学界

潘肖珏的《女人可以不生病》不仅受到了学者、作家的关注，纷纷写了评价，也受到了一些医学专家的关注。签售现场，潘肖珏的手术医生——上海交通大学附属仁济医院王平治教授也来了，她说："她对待疾病和对待感情挫折的心态，真如她书中所叙述的那样：思维积极、乐观豁达、笑傲现实，最终冲出困惑的重围，展现了新时代女性的魅力人生！"岳阳中西医结合医院副院长黄平主任医师也说："孰医孰患？她是亦医亦患！智者求医亦求己；慧者救己亦救医！"

潘肖珏教授自豪地对记者说："我是跑步进入医学界，自学了很多医学保健知识，也尝试了很多，并将我的经验介绍给天下女性。让天下的女人们少生病，不生病，特别是不生这种病。万一生了病，不怕病，转病为康。"由于她的实践取得了一定的效果，很多得了相似病的患者都找她咨询。

最后，她说她希望天下女人好好把握自己，把生命过得更精彩。

（作者系上海新华传媒股份有限公司记者）

（本文发表于《新华书摘》2008 年 3 月 26 日）

（四）潘肖珏指点：用"公关意识"打理女性生活

孙立梅

如果在网上搜索一下"潘肖珏"这个名字，你就不难发现她的两重身份：在 2005 年之前，她的头衔包括"中国公关教研领域知名学者"、"上海市公关协会学术委员会副主任"、"上海市紧缺人才培训工程公关专业专家"，等等；但在 2005 年之后，她的名字，越来越多地与"乳腺癌治疗"联系在了一起。日前，作为市妇联"关爱女性，传递健康"大型女性健康系列讲座的主讲人之一，潘肖珏带着她的新作《女人可以不得病———我的康复之路》与读者见面。听众的问题主要集中在两个方面，一是情感婚姻，二是癌症康复和身体保健。潘肖珏经常用她最擅长的公关学说进行解答，令人耳目一新。

"危机意识"令她渡过难关

在 2005 年之前，潘肖珏的事业一帆风顺，每一个点都踩得很准：老三届出身，10 年特殊时期之后考入大学，接着读研究生课程；在广州这个改革开放的前沿接触到公共关系学，清醒地意识到其重要性，并成为国内最早研究公共关系的学者之一。直到 2005 年 6 月底，潘肖珏被查出患有最严重的乳腺癌，并在短短 4 个月之内连动了 3 次大手术。这个突如其来的变故，彻底打乱了潘肖珏的生活。

"我的整个学术研究的坐标也发生了根本性的转换，为了配合治疗，我用自己原来研究学术的头脑来研究乳腺癌。虽然以前我对此一无所知，但因为互联网的存在，很多知识都可以快速学习，我以前做学术时的那些方法，现在都派上了用场。我对这个病的研究以及自己总结出来的治疗方法，已经引起了很多专家的注意，还有很多病友来跟我探讨。"

之所以能够完成这样迅速的转变，潘肖珏说，她的公共关系专业中的"危机意识"起了很重要的作用。"我当然也会很沮丧，但这个过程在我这里会缩短一些。搞公关的人都知道做什么事都要有预案，要有应急措施，这也让我养成了凡事都做最坏准备的个性。公共关系的几个核心意识，比如公众意识、情感意识及危机意识，对一个女性的生活和社会交往，都会起到很好的指导作用。"

用"公关意识"和谐婚姻

潘肖珏提出，如果女性学一点公关意识，并且用公关意识处理婚姻关系，结果很可能事半功倍，潘肖珏将之总结为女性在婚姻场中的"四大要义"。

首先，在家庭里面，女性不要太"哲学"，太"理性"，太有"思想"。"你在职场上和家庭生活中扮演的是完全不同的角色，一个聪明的女人，要能做到在两个角色之间转换自如。特别是对很多职业女性来说，你在职场上的理性风格可能会得到男性欣赏，但是回到家里，这种理性风格未必是婚姻的福音。"

其次，女性在婚姻场中，要把握好"逞能"与"示弱"的关系。

第三，在家庭中，不要说某些可能会伤人的"真话"。"现在很多丈夫都不再问'你爱我吗'，而是问'你离得开我吗'。其实现代这个社会，谁离不开谁呢？但你不能这么坦白地说，因为你和他之间确实有个情感维系"。

最后，女性要学会自我反思，不会反思的人是不会进步的。"这也是一种公众意识，就是不仅从自己的角度，也要从对方的角度来思考问题，来检点自己的不足"。

（作者系新闻晚报记者）

（本文发表于《新闻晚报》2008 年 3 月 10 日）

（五）佛性即是生命力

沈善增

　　王国维在《人间词话》中说："古今之成大事业、大学问者，必经过三种之境界：'昨夜西风凋碧树。独上高楼，望尽天涯路'，此第一境也。'衣带渐宽终不悔，为伊消得人憔悴'，此第二境也。'众里寻他千百度，回头蓦见，那人正在灯火阑珊处'，此第三境也。"于今方知，就是一般的读书，恐怕也要经历这样的3个阶段。

　　近日因写作的关系，重读《坛经》，就有"回头蓦见"之感。惊喜之余，更甚庆幸。如果此番不读，则就可能将对《坛经》与禅宗的误解与疑惑在心中一直保留到死。《坛经》与禅宗是不怕误解的，耽误的还是自己。

　　最早对禅宗发生兴趣，是在30年前。《上海文学》刊登了奥班恩（澳大利亚画家、艺术教育家）的《艺术的含义》一书的摘要，他引用禅宗"人人皆有佛性"的观点，来阐发他的艺术主张，"每个人生来都是艺术家，但是只有极少数人实现了他们的潜力……艺术家的稀少不是因为他们是特殊的天才，而是因为其他人不会或不愿意冲破他们头脑中的各种障碍，也是他们不会或不愿意对自由和责任谨慎地作出反应"。他的话引发了我的艺术观的剧烈转变，也引发了我对禅宗的强烈兴趣。不久以后，中国就兴起了一股禅宗热，于是我读了《坛经》、《五灯会元》、《禅外说禅》（张中行）、《如何修正佛法》（南怀瑾）等大量的禅宗与介绍禅宗的书籍，以后又读了佛经和介绍佛学的书籍。但在我自觉对佛经有所"解悟"后，对禅宗说的"顿悟"还是不甚了了。通过坐禅或参话头以后"桶底脱"，见到的"本来面目"到底是怎么回事？看开悟后的禅师描述的"见性"的境界，对照佛经，好像至多是二禅天境界，离开佛境界远着呢，是见到了说不出，还是这些禅师的体证本来是错认？

　　《坛经》我翻阅过几次，但这个问题始终解决不了。这次读，却像眼前去了一层翳，一下子看得明明白白。六祖惠能明明白白地说，"悟"就是"入佛知见"，也就是认取佛的认识。什么认识？就是"众生皆有佛性"。所谓"佛性"，按照我的理解，译成现代名词，相当于"生命力"。再大再高级的生命体，再小再低级的生命体，使它们成为"生命"，就因为它们具有生命力。从凡生命体都是生命力的体现的角度说，众生命是平等的。但为什么人不能像佛一样具大自在，有求必应，随心所欲呢？就因为人被自己的知见（观念）所局限，不信生命力是无限的，"绵绵若存，用之不堇"。从"知见"上立说，只有"佛心"和"众生心"两种，而从境界上说，从凡夫到佛不知有多少台阶。惠能要人顿悟，就是要学佛者不要在名相（概念）、逻辑上多纠缠，把功夫用到"行"上去。行什么？"行十善业"、"行六度行"。就是"诸恶莫做，众善奉行"。与一般的修行不同的是，禅宗修行善业、做善事，也不着相，因为一着相你又生出种种计较，又受局限了。

机缘凑巧，收到潘肖珏的新书《女人可以不得病》。粗粗翻阅，发觉这本现身说法，讲自己如何调整心态，从癌症的魔影下走出来的书，正可以看作是认识自身生命力的无限性的极好例证。所以，不管你是否参过禅，禅就在你的日常生活中，改变了你的观念，就可能改变你的生活、生命，这是惠能借"禅"要告诉我们的。这生活的真理、生命的真理，不管我们称它是什么，我们其实是非常需要它的。

（作者系上海作家协会作家）

（本文发表于《新民晚报》2008 年 3 月 23 日）

（六）谁读谁幸福
——摘编《女人可以不得病——我的康复之路》感言

叶林

本刊从现在起要连续摘编潘肖珏教授写的《女人可以不得病——我的康复之路》。这是潘肖珏教授罹患癌症后，在治疗与康复过程中写出的一部与癌症搏斗历程的书。

潘教授是一位著名的公关教育和研究的大学教授。有关公关著述 200 余万言，其中《公关语言艺术》15 年中连续再版 4 次，获"优秀图书二等奖"；与人合作的《公共关系学》发行量突破 100 万册，获"全国优秀畅销书奖"。

2005 年 7 月被查出患了一种最严重的乳腺癌，并腋下淋巴结转移。半年之内经历了 3 次大手术之苦，紧接着遭遇伴侣转身之痛，但她一往直前，"向死而生"。

在生的日子里，她潜心探究乳腺癌的中医疗法、自然疗法和替代疗法，探究身心灵与疾病的关系。

今天的她用自己健康的生命打破了医学"只有一两年"的预言。

她为天下女人而写。今年元旦，在这部书即将付梓之际，她写下了这样的话："让天下女人们少生病，特别是不生这种病。万一生了病，不怕病，转病为健。"

把握好自己，"女人可以不得病。"

这部书的出版，得到上海十大专家学者的点评和推荐。他们是：

吴友富，上海外国语大学党委书记、教授；汪泓，上海工程技术大学校长、教授；李进，上海师范大学校长、教授；陆德铭，上海中医药大学前校长、教授；王佩敏，复旦大学附属华山医院党委副书记、研究员；王平治，上海交通大学附属仁济医院外科主任医师、教授；黄平，上海中医药大学附属岳阳中西医结合医院副院长、主任医师；王小鹰，中国作家协会全委会委员、上海作家协会理事、作家；沈善增，中国作家协会会员、上海作家协会理事、作家；孔明珠，《交际与口才》杂志主编、作家。

上海市妇联主席张丽丽为之作序并联合推荐。

他们这样点评赞叹道：心由境生，境由心造，坦然生死，向死往生。这是何等的情怀！置己生死而不顾，"为天下女人而写"，这是何等的情怀！

我赞叹，女性细腻的博爱和伟岸的刚柔。

这是一本引领女人坚强而优雅地走出忧伤和懦弱的书，这是一本引领女人诗意地畅游美丽精神境界的书。

笔者读了这本书，正如一位点评者所说："写这样的书和读这样的书都是有福的。"确实感到能读到这样的好书真是福气不浅。这正是笔者读完立即建议《公关世界》全文转载的原因，让更多的人分享这份幸福，领略她的人生智慧。

潘老师以自己真实的生活谱写了真善美的活诗，用自己的实践诠释了人生幸福的真谛。她还给我们送出了语言交流艺术的盛馔和医学知识的丰赡，以及她自我身心调节的宝贵经验。

她笔尖含情，处处感恩，字里行间流出的都是爱。感恩的心最善良，也最能感受幸福，她引领你我领略人生大不幸中的幸福。这样的好书，读了你会有幸福之感，有相见恨晚之慨，谁读谁幸福。

更让人感到幸福的是：见到潘老师，她依然那样美丽，那样健康，那样神采奕奕，那样孜孜矻矻，她依然写作著述，她的演讲获得更多"精彩！精彩！"的称赞，她还当起了"医生"。潘老师不愧是公关界的骄傲！

也许因为《女人可以不得病——我的康复之路》今年3月刚刚由上海复旦大学出版社出版，还带着墨香，出版社希望我们摘编选用，我们当然应当尊重他们的考虑，并向他们表示深深的谢意。

（本文发表于《公关世界》2008年第5期）

（七）女人可以不得病
——潘肖珏老师的乳腺癌疗法

吴曦

今年3月，潘肖珏老师出了一本书——《女人可以不得病》。书中是这样介绍潘老师的："大学教授。人称公关专家，自许'公关学者'，中国最早从事公关教育和公关研究的学者之一。2005年被查出患了一种最严重的乳腺癌，并腋下淋巴结转移。期间，她经历了3次大手术。之后，'向死而生'。在'生'的日子里，潜心研究并体验乳腺癌的中医疗法、自然疗法和其他传统疗法，探究并诠释身心与疾病的关系。"潘老师的坚强叫人啧啧称赞。初见潘老师，记者觉得她特别年轻有活力，精神状态很好。熟不知她已当上了祖母，孙子今年都3岁了。在潘老师家中，她向记者娓娓道来自己的养生秘籍，希望能与更多人分享。

病从口入，病从口出

说到潘老师的饮食疗法，她是这样说的："中医讲'病食同源'，既然有'病从口入'的说法，那也可以'病从口出'。是药三分毒，而食物是天然的、绿色的。只要吃对食物就可以治病。"说着她就带记者到自家餐厅看看自己准备好的午餐。一盘红红绿绿的菜吸引了记者的眼球，潘老师介绍道："这里面有青菜、草菇、茭白和番茄。旁边这碗是我的主食：咖喱土豆胡萝卜。"为什么要放咖喱呢，原来咖喱具有防止乳腺癌扩散的作用。潘老师在书中也有很详细的介绍。还有一小碟潘老师自制的调料，里面是腐乳、芝麻、核桃粉、辣酱和一匙醋。潘老师说，"腐乳可是好东西啊。"原来腐乳由于制作过程中经过了霉菌的发酵，使蛋白质的消化吸收率更高，维生素含量更丰富。又因为微生物分解了豆类中的植酸，使得大豆中原本吸收率很低的铁、锌等矿物质更容易被人体吸收。所以贫血和素食者可以吃点腐乳。咦？怎么全是素菜呢，是不是乳腺癌患者不宜吃荤菜？记者正纳闷，潘老师似乎想起了什么，"对了，我今天的荤菜在这里，"说着，她走进厨房拿出一个10厘米左右的海参。

这桌丰富的午餐是潘老师根据自己的身体特制的，当然她也会根据自己身体状况的变化作相应调整。潘老师说自己是酸性体质，因为"肉"是酸性的，所以不吃"肉"，"素多荤少"是她的一条饮食原则。"荤菜我吃鱼，还会吃一些海产品。"潘老师还介绍了一些适宜乳腺癌患者食用的食物：海带、西兰花、卷心菜和花菜。

看了这样丰富的午餐，潘老师对自己的早餐和晚餐也毫不马虎。"早餐我吃一个鸡蛋，还有怀山药粉、薏米粉和芡实粉，再配7个白果，10个红枣。晚餐我吃一小袋玉米粉和黄豆粉，主食是

一场癌症，捺了"五大刀"，置之死地而后生，假如有一天病入沉疴者是我们自己，却使作者投身到真正追求生命智慧中去，这无疑是具有普世价值的——

一个红薯,洗一洗在微波炉里转熟就可以了。"潘老师说,"在我自己的调理下,我的萎缩性胃炎也好了哦。"

中医针灸 + 运动

上午10点45分,到了潘老师的"针灸"时间。只见她拿出4个蓝色小气囊"五行针",在左脚踝处的"三阴交"穴、"膻中"穴、右手腕处的"内关"穴和"外关"穴上针灸,持续20分钟后再换右脚和左手同样的穴位,也是20分钟。每天40分钟的针灸是潘老师的必修课。

运动对乳腺癌患者来说也很重要。潘老师说自己的心脏不太好不能剧烈运动。冬天的时候每天下午3点半左右就会在小区里快走20～30分钟。夏天则是每天晚上晚饭后7点左右快走20~30分钟。潘老师说:"走到微微出汗就可以了。"

精神疗法很重要

"我患的乳腺癌是非常凶险的一种,叫做 HER-2 强阳性。当时医生给我的期限是 1～2 年。现在通过自己的调理,今年已经足足 3 年了,最近的 CT 检查也显示安全"。潘老师告诉记者:"平时要多想别人的好。因为人总是'好'多于'非好'的。要有一颗感恩的心。上帝关上一扇门的时候一定留下了一扇窗。我要找到那扇窗,要把握好自己的生活,逆转自己的命运。"

记者跟潘老师聊天的时候她总是面带笑容,热情而耐心地回答记者的问题。一点都看不出她是一个乳腺癌患者。她还告诉记者,现在她主要在家准备自己的第二本书,是关于饮食的。大概明年一二月份面世。潘老师希望将自己的经验传递给更多病友。让她们知道得病并不可怕。我们祝福潘老师,希望她恢复的越来越好。

(本文发表于《康复》杂志 2008 年第 8 期)

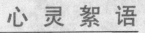

心灵絮语

图书在版编目(CIP)数据

女人可以不得病——我的康复之路(第二版)/潘肖钰著. —2 版.
—上海:复旦大学出版社,2009.1
(健康 cool 新女性系列丛书)
ISBN 978-7-309-06436-0

Ⅰ. 女… Ⅱ. 潘… Ⅲ. 女性-心理保健-基本知识 Ⅳ. R161.1

中国版本图书馆 CIP 数据核字(2008)第 208875 号

女人可以不得病——我的康复之路(第二版)
潘肖钰 著

出版发行 复旦大學 出版社	上海市国权路 579 号 邮编 200433
	86-21-65642857(门市零售)
	86-21-65100562(团体订购) 86-21-65109143(外埠邮购)
	fupnet@ fudanpress.com http://www.fudanpress.com

责任编辑 宫建平
出品人 贺圣遂

印 刷	上海浦东北联印刷厂	
开 本	787×960 1/16	
印 张	12.25 插页 2	
字 数	164 千	
版 次	2009 年 1 月第二版第一次印刷	
印 数	1—5 100	
书 号	ISBN 978-7-309-06436-0/R · 1068	
定 价	25.00 元	